海猫の遺恨
剣客旗本と半玉同心捕物暦 2
早見 俊
時代小説
二見時代小説文庫

海猫の遺恨——剣客旗本と半玉同心捕物暦2

目次

第一章　勘定所の闇

一

文化七年（一八一〇）は空梅雨であった。

まだ皐月二十日だがうだるような暑さである。

「母上、行ってまいります」

南町奉行所、見習い同心香取民部は八丁堀の組屋敷から出仕しようとした。玄関で母の佳乃の見送りを受ける。

民部は細い眉に切れ長の目、鼻が高く薄い唇、決して目立つような男前ではない。ただ、きらきらと輝く澄んだ瞳が一本気な人柄を窺わせる。

歳は二十五、痩せぎすの身体を千鳥格子柄の小袖に包み、袴は穿かず、絽の夏羽織を重ねている。

小銀杏に結った髷と白衣姿は八丁堀の旦那らしいのだが、いま一つ様になっていないのは民部が見習い、すなわち芸妓でいえば、「半玉」だからだが、加えて八丁堀同心としての育ちをしていないからだ。

と言うのは、民部は蘭方医を目指していた。それが、昨年の師走、兄兵部が殉職を遂げ、急遽香取家と南町奉行所同心を継いだのだ。

「食中りに気をつけなされ……」

民部を気遣ってから佳乃は、

「お医者に成ろうとした民部殿には余計なお世話ですね」

と微笑んで、紫房の十手を民部に差し出した。兄兵部が南町奉行根岸肥前守鎮衛から下賜された形見の十手である。

「いえ、お気遣いありがとうございます」

一礼し、民部は十手を両手で受け取る。

真鍮製銀流しの十手は陽光に煌めきを放ち、名同心と褒め称えられた兵部の往時を偲ばせる。

腰に十手を差し、佳乃にくるりと背を向けた。佳乃は火打石と火打金を打ち合わせた切火で邪気を払い、民部を送った。民部は八丁堀の象徴である巻き羽織にしていない。半玉の身から一人前の定町廻りに成ったら、羽織の裾を捲り上げて帯に挟むつもりだ。

その日の昼、民部は芝方面の町廻りをしていた。三島町は本屋が軒を連ねており、そのうちの一軒に足を踏み入れた。

つい、蘭方の書物を手に取ってしまう。

ぱらぱらと捲るうちに蘭方への関心が蘇り、長崎で学んだ日々が思い出される。

すると、食い入るようにして書物を読んでいる若者がいた。

地味な木綿の小袖によれた袴を穿き、裸足である。月代や無精髭が伸び、げっそりと痩せこけ、頰骨が張っている。目は血走り、鬼気迫る様子だ。

そこへ、本屋の主人が若侍を胡散臭そうな目で見ながら、周囲の書物に叩きをかけ始める。明らかな嫌がらせなのだが若侍の眼中にはなく、一心不乱に書物に視線を落としていた。

ついつい気になり、民部はそっと背後からどんな書物なのか覗き込んだ。

「ほほう……和算か」

呟いた。

和算、すなわち算術の書物である。若侍は算術の問題を必死で解こうとしているのだ。

そこへ、

「許せよ」

と、身形(みなり)立派な侍が入って来た。

侍は本屋の常連らしく主人は両手を揉み合わせながら、

「ご注文の書物、取り揃えております」

満面の笑みを投げかける。

次いで若侍に近づき、

「申し訳ございません。お求めのお客さまがいらっしゃいましたので」

主人は若侍から和算書を引っ手繰(ひったく)るようにして取り上げた。

若侍は虚空(こくう)に視線を据えたまま、

「あ、ああ……そ、そうか」

呟くと本屋を後にした。

興味を覚え、民部は若侍の後を追った。民部の耳に、

「おい、和算書など求めておらぬぞ」

侍の声が聞こえた。

主人は立ち読みを続ける若侍を厄介払いしたかったのだ。

この時代、身分の高い侍が算盤、算術を学ぶのは稀だった。幕臣に限らず大名家でも上士は四書、五経や朱子学、そして唐土や日本の歴史などを学び、算術、算盤は平士が学ぶものとされた。つまり、銭勘定は身分卑しき者が行うという偏見があったのである。

若侍は身形からして御家人であろう。暮らしぶりが豊かではないのは雪駄を懐に入れているのでわかる。雪駄がちびらないよう、極力裸足で歩いているに違いない。

民部は若侍を追った。

若侍は芝神明宮に入った。

神明宮は天照大神と豊受大神という伊勢神宮の内宮、外宮の祭神を祀っているため、関東のお伊勢さまと称されている。お伊勢参りが叶わない庶民は芝神明宮を参拝するのが習わしだ。

参道には数多の出店が建ち並んでいる。茶屋、楊弓場、小間物屋、料理屋や軽業、手妻といった大道芸、見世物小屋、更には岡場所や男娼を置いた陰間茶屋も軒を連ねている。

伊勢信仰が盛り上がり、大勢の男女が参道や境内に押し寄せていた。

喧噪と日光を避けるように若侍は境内の隅に植えられた松の木陰にしゃがみ込み、小枝を拾って地べたに何か書き始めた。

民部は少し離れたところから若侍の様子を窺った。算術を解いているようだ。額から汗が滴り落ち、地べたを濡らす。襟元も汗で黒ずんでいた。

若侍は眉間に皺を寄せ、苦悶していたが、やがて愁眉を開いたかのように柔和な表情となった。まるで子供のような無邪気さだった。

ところが、

「あああああっ」

若侍は叫び立てた。

酔った男たちが算術を記した地べたを踏み荒らし、更には若侍にぶつかったのだ。

男たちは謝るどころか、

「何やってやがんでえ」

「邪魔なんだよ、この三一が」

などと、若侍に絡み始める。

若侍は二人を睨み返したが、相手になることなく踵（きびす）を返した。

「待ちな、逃げるんじゃねえ」

「三一、ちゃんと謝れ」

二人は呂律（ろれつ）が怪しくなっており、着物の襟元はだらしなくはだけている。やくざ者に違いない。

「謝るいわれはない、と存ずる。ぶつかって来たのはそなたらだ」

若侍は返した。

「なにを！」

「侍だからって偉そうに抜かすな！」

二人はいきり立った。

若侍は困ったような顔で二人を見返している。

そこへ、民部が割って入った。

「無体な言いがかりはよせ」

民部が声をかけるとやくざ者は、「なんでえ」と吐き捨てながら民部に近づく。民部は羽織を捲って十手を見せた。

やくざ者は顔を見合わせていたが、

「こりゃ、八丁堀の旦那ですかい」

と、ぺこりと頭を下げ、すごすごと立ち去った。

民部は若侍に向いた。

何事もなかったかのように、若侍はしゃがみ込んで算術の問題を解いている。窮地を助けたのに一言の礼もないのか、と腹立たしいどころか微笑ましくさえ思えた。

問題が解けたようで若侍はにっこり微笑んで立ち上がった。ここに至って民部に気付き、

「ああ、これは失礼致しました。危ういところをお助け頂き、ありがとうございました」

と、ぺこりと頭を下げた。

「礼などは無用です。それより、熱心に和算に取り組んでおられるようですね。お好きなのですか」

和算好きの者は珍しくはない。武士ばかりか町人の間でも難解な和算の問題を解くのを楽しみ、絵馬にして神社に奉納する。

すると若侍は意外な答えをした。

「好きでやっておるのではないのです」

柔和な表情が険しくなり、なんだか思い詰めているようだ。

「と、おっしゃいますと、あ、いや、立ち入ったことですが」

民部が問いかけると、

「それは……」

若侍は言い淀んだ。

余計なお世話だが、このまま別れる気になれない。

「よろしかったら、お茶でも」

民部が誘うと、

「いえ、それがしは手元不如意(ふにょい)ですので」

と、恥ずかしそうに返した。

「わたしが誘ったのですから、わたし持ちです」

わざと気さくに声をかけ、民部は目についた菰掛(こもが)けの茶店に入った。若侍もおずおずとついて来た。

縁台に並んで腰かけ、民部は冷たい麦湯と心太(ところてん)を頼むと素性を名乗った。強い日差しを松が遮り、いい具合に風が吹いている。店内に葦簀(よしず)の影が落とされ、若侍の顔に斑(まだら)模様を作っていた。

「南町の同心殿ですか」

若侍はしげしげと民部を見返す。

「と言っても見習いの身です」

民部はにこりと微笑んだ。

若侍は、

「御家人の横峯善次郎（よこみねぜんじろう）と申します」

と、居住まいを正した。

風鈴の音色が、夏の風情を感じさせる。

「先程、和算を好きでやっているのではない、とおっしゃいましたが」

民部の問いかけに、

「筆算吟味（ひっさんぎんみ）を受けるためです」

横峯は答えた。

筆算吟味とは幕府勘定奉行配下の勘定所において行われる試験だ。筆算吟味に合格すれば身分の上下に関係なく、勘定所の役人に採用される。

採用されたなら、能力と実績を評価されれば御家人から旗本に昇進でき、役職も累進できるのだ。身分秩序の厳しい幕府の組織にあって、勘定所は実力次第で栄達できる稀なる役所である。

将軍に御目見得できない低い身分の御家人が幕府の要職たる勘定奉行に出世するのも夢ではないのだ。

それだけに、筆算吟味合格は難関である。

文章と算術に長けた者、つまり、能吏としての能力を認められなければならない。

筆算吟味受験と聞いただけで、

「そうですか、それは、大したお方だ」

民部は横峯を誉め称えた。

決して通り一遍のお世辞ではなく、心からの賛辞であった。南北町奉行所の与力、同心は事実上世襲である。

身分は御家人、将軍への御目見得はできず、建前上は一代抱えであった。実状は、与力、同心は隠居の前に息子を見習いとして奉公させ、跡を継がせる世襲なのである。

民部自身、兄兵部の死で見習いとして南町奉行所に出仕した。

試験に合格して初めて役人となれる勘定所とは違うのだ。心なしか民部は後ろめたさを感じてしまった。

「褒められたものではありませぬ。何しろ、二度も落ちているんですから」

情けなさそうに横峯は手で頭を掻いた。

「三度めの正直ですよ」

励ましたつもりだが、

「今度、不合格でしたら、諦めます」

横峯は必死の形相となった。

軽々しく、きっと合格できますよ、などとは言えない。筆算吟味の難関さは民部もわかっている。話の継ぎ穂を失ったところへ冷たい麦湯と心太が運ばれて来た。

「さあ、食べましょう」

横峯が遠慮するだろうと先に民部が心太を食べ始めた。冷たい心太が甘酸っぱい汁に絡まり、涼(りょう)を感じ、笑みがこぼれた。横峯も遠慮がちに心太を口に運ぶ。民部同様に表情が和らいだ。

「夏は心太ですな」

感に堪えぬように横峯は言った。

一杯の心太が御馳走となる暮らしぶりの中、横峯は筆算吟味合格を目指しているのだ。

「もう一杯食べましょう」

民部が注文すると横峯は冷たい麦湯を飲み干した。

雑談を交わしながらお代わりの心太も食べ終え、民部は勘定を済ませた。

「すっかり、御馳走になってしまいました」

横峯は丁寧に礼を述べ立てた。

「頑張ってください」

民部は月並みな励ましの言葉を伝えずにはいられなかった。

横峯善次郎との出会いは猛暑の昼下がりに、一服の清涼剤を得たような気がした。

明くる日は非番とあって、民部は神田お玉が池にある中西派一刀流瀬尾全朴道場にやって来た。見習いとして南町奉行所に出仕して以来、通っている。

蘭方医になるつもりでいたので、はっきり言って剣は未熟である。当然、八丁堀同心として剣が苦手では済まされない。

そこで、腰を入れて剣術を学ぼうとしたのだが、八丁堀界隈の剣術道場では朋輩に顔を合わせるので、気まずい。それゆえ、ここならばと選んだのが瀬尾道場であった。選んだのは、兄兵部も通ったことがあったからだ。

中西派一刀流は防具を身に着けての竹刀での稽古という流派である。木刀を用いて型を中心とした流派とは違い、実戦を想定した打ち合いを中心とした稽古だ。捕物の役に立つだろうと通い始めた。

通って民部は剣術の上達と共に、いや、それ以上に大きな出会いをした。

師範代を務める船岡虎之介を、剣術ばかりか人生の師と仰ぐようになったのだ。従って、瀬尾道場に通うのは虎之介と会えるからでもある。

民部は紺の道着に防具を身に着け、道場で素振りを行った。門人たちも黙々と竹刀を振っている。

見所では不遜にも虎之介が腕枕で寝そべっていた。

虎之介は三河以来の名門旗本、石高は五百石、小普請組、すなわち非役である。

名は体を表す、の言葉通り、時折、虎のように鋭い眼光を放ち、寝そべっているにもかかわらず、門人誰もが緊張して稽古に勤しんでいた。

道着の上からでもわかる屈強な身体、浅黒く日焼けした顔は苦み走った男前だ。歳は三十五と聞いている。二年前、妻に先立たれ、子供もいない。両親も他界しており、天涯孤独の身、だと虎之介自身は言っている。

言葉とは裏腹に、悲愴感を漂わせることはない。

そんな虎之介を民部は同心に成ったばかりで遭遇した一件を通じて親交を深め、生涯の師と仰ぐようになったのである。

　虎之介に見守られながら民部は稽古に打ち込んだ。

二

　水無月一日、酷暑の昼下がり、船岡虎之介は叔父である大目付岩坂備前守貞治の屋敷に呼ばれた。

　今年は空梅雨のまま夏の盛りを迎えた。皐月も酷暑が続いたが蟬は鳴いていなかった。それが、水無月を迎えた途端に堰を切ったような蟬時雨が江戸中を覆っている。

　番町の屋敷、御殿の縁側で岩坂は鉢植えの植木に鋏を入れている。岩坂は還暦を過ぎ、白髪混じりの髪、月代には椎茸の軸のように細くなった髷が乗っている。鼠色の単衣に包んだ身は枯れ木のように痩せ細っていた。裾を巻き上げ帯に手挟んで盆栽の手入れに没頭している。

　呼んでおいて盆栽に夢中とは困った御仁だという不満を抱きながら、虎之介はごほんと空咳をした。前に置かれた冷たい麦湯はとっくに飲み干している。

大地を焦がすような日輪が庭を白っぽく映し出している。行水をしたい程に暑苦しいが岩坂は涼しそうな顔で盆栽の手入れを楽しんでいた。

「風邪か……良い薬があるぞ」

惚けた調子で岩坂は言うと、やがて満足そうに鋏を置き、しげしげと見入ってから、

「さて」

と、虎之介に向き直った。虎之介に盆栽の出来を問いかけようとしたが、虎之介の不調法を思ったのか口を閉ざした。

温くなった麦湯を啜ってから、

「勘定組頭、小野木清之介が死んだ。病による急死という届け出がなされているが、切腹、あるいは謀殺された、という噂がある」

麦湯を飲みながら、文字通り茶飲み話のようなのんびりとした口調で告げた。

「悪い噂ですな。それに大目付たる叔父貴が関わるのはどうした訳なんだ」

虎之介が疑問を呈したように大目付は大名を監察するのが役目だ。勘定組頭は旗本、つまり、目付の監察下にあるのだ。

「年寄りが出しゃばっておる、と勘繰っておるのか」

「違いますか」

虎之介は当然のように返した。

「御老中小枝出羽守康英さまから内命を受けたのだ」

岩坂は答えた。

小枝は譜代、下総国成田藩五万五千石の藩主である。

「おいおい、政か。政が絡む役目は御免被りたいものだな」

岩坂が引き受けたのは勝手だが、実際に噂の真偽、つまり、小野木の死の真相を探索するのは虎之介である。

勘定組頭は勘定奉行支配下、勘定所の要職であるが身分は下級旗本である。老中たる小枝が下級旗本の死について疑問を抱き、死の真相を探ろうとしているのは、その行為自体が政治、あるいは幕閣における権力闘争を窺わせる。

「政と申せば政かもしれぬな。御老中小枝出羽守さまはな、公儀運営の要を勘定所とお考えじゃ」

岩坂は勿体をつけて言ったが、

「勘定所が公儀の要とは小枝さまに言われずとも、自明の理ではござらぬか」

政に巻き込まれるかもという不満から虎之介は言い返した。

勘定所の役人の役割は多岐に亘っている。幕府直轄地、すなわち天領から取り立てる年貢の管理、天領の訴訟沙汰の受付、代官、郡代も勘定所の役人が派遣される。

こうした天領を管理する役割ばかりか寺社奉行、評定所にも出向している。

寺社奉行は奏者番(そうしゃばん)を務める大名が加役として任じられる。従って、寺社奉行所という役所があるわけではなく、就任した大名の屋敷が役宅となる。役目を遂行するうえでの事務仕事や雑事を手足となって担う役人は勘定所から出向しているのである。

また、幕府の最高裁判所である評定所は寺社奉行、町奉行、勘定奉行、大目付、目付が管轄の跨(また)った訴訟や事件、大名家の御家騒動などの大事件を吟味、裁きを行うが、吟味の下準備や事務仕事を行うのも勘定所の役人であった。

つまり、勘定所は幕府という巨大組織を支える縁の下の力持ちだ。身分は高くないが実務能力に長けた二百名ばかりから成り立っている。

岩坂は、「ずけずけ言うのお」と渋い顔をしてから、

「ところがじゃ、小枝さまによると、昨今の勘定所では、筆算吟味に手心が加えられ、情実や縁故、賂絡(まいないがら)みで採用される者がおるらしい。それを死んだ勘定組頭、小野木は問題にしておったようじゃ」

「筆算吟味に不正が行われているのを小枝さまは小野木から聞いたのか」

「そうだ、と小枝さまはおっしゃったな」

「勘定組頭が老中の耳に入れるとは不穏な気がするな。無頼者(ぶらいもの)のおれが言うのもなん

だが、秩序を乱すのではないか。上役たる勘定奉行と相談するのが筋だろう」

「おまえにしてはまともな考えだ。その通りじゃよ。小野木が勘定奉行の頭越しで小枝さまに報せたのは、深い事情があるかもしれん。筆算吟味における不正行為というのは口実、実はもっと大きな問題が勘定所に生じているのかもな」

岩坂はにんまりとした。

「叔父貴好みの陰謀、企みの類が潜んでおるということか。嫌だな。益々、やる気をなくしたよ。どろどろとした政の争いには首を突っ込みたくないぜ」

まっぴら御免だ、と虎之介は右手をひらひらと振り、腰を上げようとした。

「まあ、待て。話は最後まで聞け。どうせ、暇じゃろう」

宥めるように岩坂は畳を指差した。

「どうせは余計だが、暇なのは事実だ」

虎之介は浮かした腰を落ち着けた。岩坂は続けた。

「まずは、筆算吟味に下駄をはかせて合格させる者を……」

「それを突き止めろということか」

「まあ、そういうことじゃ」

岩坂はうなずいた。

それでも言葉足らず、と思ったのか。

「小枝さまは勝手掛じゃ。勘定所を清廉潔白な組織になさろうと、お考えなのじゃ」

と、言い添えた。

勝手掛とは幕府財政を司る老中である。現代の財務大臣だ。老中たる小枝が筆算吟味での不正を暴き立てたいのは、それをきっかけとして勘定所を覆う闇を晴らしたいのだろう。

闇とは何だ……。

虎之介が嫌う政、権力闘争が絡むのであろうが、興味を覚えてしまう。虎之介の好奇心を見透かして岩坂は今回の役目を話しているのかもしれない。

「おれが探るまでもなく、小枝さまは見当をつけていなさるんじゃないのか。不正を行っておる御仁を。叔父貴、腹を割ってくれ」

虎之介が問いかけると、岩坂は肩をすくめ、

「勘定奉行、福山左衛門尉殿じゃ」

と、打ち明けた。

「なるほど、勘定奉行が不正に関与するとなれば、頭越しに老中へ訴えるはずだな。で、福山殿とはどのような御仁なんだ」

虎之介は興味を抱いた。

「福山左衛門尉道信、まさしく立志伝中の人物じゃな」

岩坂は説明を始めた。

福山は美濃郡代の陣屋に手代として務めていた。

郡代、代官に任じられるのは下級旗本である。下級旗本ゆえ、任地には少人数の家臣しか連れて行けない。任される領知は数万石から十万石、つまり、大名並である。大名ならば大勢の家臣を抱えているため、郡方の役人が年貢を取り立て、領内で起きる訴訟沙汰、いさかいに対応できる。

しかし、少人数の家臣しかいない代官、郡代は現地の庄屋や村長などの富農の協力が必要不可欠だ。陣屋には富農の次男、三男が手代として勤務し、代官、郡代を助ける。従って、領民に無理な年貢取り立て、苦役を負わせるわけにはいかない。圧政を強いれば百姓一揆が起きるのだ。

一揆が起きれば代官、郡代では鎮圧は無理だ。代官、郡代は幕閣から責任を問われ、詰め腹を切らされる。

代官、郡代は任期をつつがなく過ごすのが何よりも大事で、富農との良好な付き合いは役目遂行には欠かせない。

そんな手代の一人であった義介(ぎすけ)、後の福山道信は非常に才長けていた。郡代の福山道里(みちさと)は義介の仕事ぶりに感心し、生真面目で働き者だと気に入った。男子に恵まれなかった福山道里は義介を養子に迎える。

江戸に戻った道里は義介に筆算吟味を受けさせた。義介は期待に応えて合格、勘定所の役人となり、それ以降はめきめきと頭角を現し、勘定吟味役となって幕府財政立て直しに貢献する。

義父道里は道信の出世に福山家の繁栄を見て安心したのか、あの世に旅立った。勘定吟味役として精勤を重ね、ついには今年の正月から勘定奉行に累進したのだった。

福山道信、五十歳、十五歳で美濃郡代陣屋の手代として奉公してから、三十五年を経ての出世、一介(いっかい)の農民の子が幕府勘定奉行に栄達したのである。勘定所という役所ならではの快挙であった。

福山は筆算吟味合格を目指す身分低き旗本、御家人たちの目標であり、羨望の的であった。

「そんな御仁であるだけに、公儀の台所事情は一文単位で把握しておる。たたき上げの実力者だな」

岩坂の福山評を受け、

「一方、小枝出羽守さまは三河以来の名門譜代大名だな。六年前に寺社奉行に成り、二年後には異例の速さで京都所司代に栄転、今年の正月から老中、と順調に累進を重ねてこられた。小枝さまは福山殿のことを成り上がり者、と見下しているんじゃないのか。勝手掛とは公儀の台所を運営する責任者だ。台所運営に関して福山殿と考えが対立しているんだろう。それで、福山殿を筆算吟味に絡む疑惑で排斥をしよう、と考えているのじゃないか」

虎之介の憶測に、

「おまえは、まこと勘繰り好きじゃな。小枝さまは名門育ちゆえか、大変に温厚で正直なお方じゃ。邪念とは無縁じゃな、と申すと、そなたのことじゃ、人は見かけによらない、あるいは猫を被っておるだけだ、と食ってかかるじゃろうがな」

声を放って岩坂は笑った。

「世の中、そういうもんだろう」

動じずに虎之介は返した。

「否定はせぬが、ともかく、小野木清之介の死に黒きものがないか、確かめてくれ。筆算吟味の不正などは探らなくてもよい。小野木の死を探れば筆算吟味の不正を含む勘定所の闇が晴れるからのう。くどいが、小枝さまの本音は筆算吟味の不正調査を皮切りに勘定所の闇を暴き立て、正常な組織に建て直すことじゃ」

改めて岩坂は頼んだ。

「気が進まんな」

乗り気でない、と示すように虎之介はぷいと横を向いた。

「なに、厄介な政が絡んできたら、わしが対処する」

岩坂は断言した。

「叔父貴、今の言葉を忘れんぞ」

虎之介は釘を刺すように念を押した。

「武士に二言(にごん)はない」

岩坂は両目を見開いた。

それを見返し、

「わかったよ」

虎之介は応じた。

「ならば、これじゃ」

岩坂は書状と金子(きんす)を虎之介の前に置いた。福山道信への紹介状と虎之介への礼金五両である。

「福山殿に鑓の稽古をつけろ、と言うのか。役方一筋の御仁が武芸になんぞ興味を抱くとは思えんな」

首を傾げながら虎之介は問いかけた。

「倅だ、倅の道昌殿に稽古をつけて欲しいと福山殿に頼まれた」

福山は息子道昌の御番入りを願っているそうだ。

「自分は役方一筋、しかも農民上がりとあって武芸はさっぱりだ。息子には旗本の子息として武芸と学問、つまり、文武両道を課している。大身の旗本となって、公儀の要職に就き、その地位を子々孫々に伝えたいのじゃ」

「なるほど、功成り名を遂げた者も人の親であり、名家への憧れがある、ということか」

虎之介は顎を掻いた。

「そういうことじゃろうな」

岩坂は言った。

「福山道信とはどういう男か、とっくりと見てやるか」

「頼むぞ」

岩坂は盆栽に視線を向けた。

「叔父貴はお気楽だな」

虎之介がからかうと、

「おまえもわしの歳になればわかるぞ。人は歳を取る。そして死ぬ。嫌な思いを抱きながら死ぬより、心穏やかにあの世に旅立つのがよいに決まっておるわ」

と言う岩坂の考えには、

「なるほどな」

と虎之介も同意できた。

辞去しようと腰を浮かしたところで、

「海猫の権兵衛一味を存じておるか」

ふと思い出したように岩坂は問いかけた。

「盗賊一味か……海猫だが山猫だか知らんがそいつがどうした」

虎之介が首を傾げた。

「安房の漁師だった連中が盗賊行為を重ね、安房ばかりか上総、下総や相模を股にかけて荒らし回っておる。それが江戸に潜入したらしい。しかも、江戸に潜り込む前、そう先月の十五日、安房の半田村で大がかりな盗みを働いたそうだ。村長の家を襲って金品を強奪した。奴らは半田村で生まれ育った。故郷に錦を飾ったつもりかのう」

火盗改(かとうあらため)から聞いた、と岩坂は言い添えた。

「故郷に錦を飾った後、江戸でも暴れるつもりなのか」

「そうだろうが……どうもわからん。わざわざ江戸にやって来た目的がはっきりせん。それを承知で奴らが江戸に来たということは、房総(ぼうそう)や相模の村々よりもよほど警戒厳重じゃからな。それを承知で奴らが江戸に来たということは、大きな狙いがあるのかもしれん、と火盗改も南北町奉行所も警戒しておるのだ」

「叔父貴、思わせぶりに海猫の話をしたということは、おれに退治させたいのか。それなら喜んで引き受けるぞ。こう申してはなんだが、勘定所の役人の死を嗅ぎ回るより、よっぽどおれ向きの役目だからな」

俄然(がぜん)やる気になった。

「火盗改が海猫一味の根城(ねじろ)を探しておる。わかったら大捕物となるじゃろう。船岡虎之介の出番となる、という次第じゃ。火盗改にそなたを売り込んでおく」

岩坂は含み笑いを漏らした。

虎之介は岩坂の表情に何か含むものがあると、感じた。そうなると、明らかにせずにはいられないのが虎之介である。

「叔父貴、勘定所の不正の話の後、盗賊一味を持ち出したのは何か魂胆(こんたん)があるんじゃないのか」

虎之介が質すと、

「おまえは誤魔化せんな」

岩坂はぺろっと舌を出した。

次いで、

「海猫の権兵衛一味は安房の漁師だった。最初に盗みを働いたのは十年前、その時、安房にある天領の代官だったのは、福山左衛門尉殿だ。また、小野木清之介も昨年末まで代官を務めておった」

淡々と言い添えた。

「おいおい、まさか、福山が海猫一味と繋がっている、だから、一味は江戸にやって来た、と叔父貴は勘繰っているのか、いや、叔父貴ばかりか小枝さまも……そして、小野木清之介殺しは海猫一味と深く関わっている、と憶測しているんだな」

虎之介は強いわだかまりを感じた。

「小枝さまのお考えはわからぬ。わしもただ事実を言ったまでのこと」

岩坂らしい惚けた返事であったが、本音だろう。海猫一味が盗賊行為を始めた天領の代官だったのが福山、それは事実だが、それだけで両者に関わりがあるとは決めつけられない。

小枝は勘定所の闇を晴らしたいそうだ。

その闇とは、福山と海猫一味の関わりのことだろうか。

虎之介は老中小枝出羽守と勘定奉行福山左衛門尉の争いの渦に引き込まれるような予感に駆られた。

三

明くる日の昼下がり、虎之介は番町にある福山左衛門尉道信の屋敷にやって来た。羽織、袴に身を包み、長柄(ながえ)の十文字鑓(じゅうもんじやり)を肩に担いでいる。往来の真ん中を大股で歩く虎之介は、大柄な身体と相まって威風堂々(いふうどうどう)としている。道行く町人たちは端に寄って虎之介が通り過ぎるのを見送る。誰もが恐れているのではなく、憧憬(どうけい)の目つきだ。

屈強な虎之介が十文字鑓を担ぐ姿は武士というより、戦国武者のようであった。

虎之介は福山屋敷の長屋門に到ると右手で十文字鑓を持ち、石突きを地べたに突き立てた。鑓の穂先には両の鎌ごと覆う鞘(さや)を被せている。ヤクの尾の毛で作られた真っ赤な鞘で、万人の注目を集める。

ヤクは日本にはいない、南アジアに生息する動物である。ヤクの毛は戦国の世に兜の装飾品として珍重された。南蛮渡来の高級品とあって、三河の小大名に過ぎなかった頃の徳川家康が被っているのを武田の将から揶揄されたのは有名だ。

曰く、

「家康に過ぎたるものが二つあり、唐の頭に本多平八」

本多平八とは本多平八郎忠勝、徳川四天王の一人で天下に武名を轟かせた勇将である。

そんなヤクの毛で作られた鞘を被せた十文字鑓は家康所縁の武器である。船岡家の先祖は家康の旗本として本陣を守っていた。慶長二十年（一六一五）皐月に行われた大坂夏の陣において、家康本陣は真田信繁（幸村）の奇襲を受け、大混乱に陥った。船岡家の先祖は槍で奮戦、家康を命懸けで守ったのだった。

その功により、家康から十文字鑓がヤクの毛の鞘と共に下賜されたのだ。以後、船岡家の家宝として伝わってきた。但し、受け継ぐのは一族で一番の武芸者と認められた当主である。分家の当主に過ぎない虎之介が持っている所以であった。

番士に岩坂の紹介状を見せると、丁重な態度で潜り戸から屋敷内に通された。程なくして紺の道着に身を包んだ若侍がやって来た。

「福山左衛門尉の倅で道昌と申します。本日はご足労頂き、ありがとうございます」

道昌は礼儀正しい所作で一礼した。

恰幅（かっぷく）がよく、道着から覗く腕は丸太のようだ。武芸鍛錬を怠っていないのだろう。丸顔で太い眉に団子鼻、分厚い唇といった面相で似面絵が容易に描けそうだ。

道昌の案内で屋敷内を歩き、御殿の前庭にやって来た。

福山左衛門尉道信が虎之介を迎えた。

福山は痩せぎすのいかにも能吏然とした男だった。紺の道着を身に着けているが、薄い胸板とあって似合っていないどころか、不格好に見える。

好対照な親子である。

「船岡殿、感謝申し上げる」

鷹揚（おうよう）に福山は言った。

「なんの、礼には及びませぬ」

虎之介らしからぬ無難な挨拶を返した。

次いで道昌に視線を送り、

「おれに鑓の稽古をつけてもらいたいっていうのはどんな料簡（りょうけん）だ」

と、普段の砕けた調子で語りかけた。

それが気に入らないのか道昌は戸惑いの表情となった。太い眉が寄り眉間に皺が刻まれた。ぎょろっとした目が剣呑に彩られる。

道昌に代わって福山が答えた。

「ありていに申せば、御番入りのためですな」

「おれが稽古をつけたとて、御番入りのために箔はつかんと思うがな」

虎之介は肩をすくめた。

「いえいえ、どうしてどうして。船岡殿の武名は天下に鳴り響いておりますからな。神君家康公御下賜の十文字鑓と共に」

真顔で福山は言い立てた。

「道昌殿の履歴書に船岡虎之介に鑓を習ったと書き記すのか」

「しかるべき修練の末、允可状を頂戴できれば、と考えておる」

福山は道昌を見た。

道昌は仏頂面で黙り込んでいる。

「あいにくだが、おれは槍術の流派を開いておるわけではない。剣術ならば、おれが師範代を務める中西派一刀流瀬尾全朴先生に入門されよ。紹介くらいはするぞ」

虎之介が語りかけると、

「拙者、剣は直心影流(じきしんかげりゅう)尾上多門(おのうえたもん)先生より免許皆伝の允可状を受けており申す。欲しいのは槍術でござる」

道昌は虎之介を見返して言い立てた。

「だったら、ちゃんとした槍術を学べばよかろう」

虎之介は言い返した。

「船岡殿に習いたいのです。船岡殿の武名は耳にしております。どうか、入門させて頂きたい」

不機嫌さから一転して道昌はしおらしく頭を下げた。

「もう一度申す。槍術の道場を開いておらぬからには、免許皆伝の允可状など出せぬぞ」

尚も虎之介が躊躇(ためら)いを示すと、

「なに、船岡殿から槍術の指南を受けた旨、一筆したためてくだされば結構でござる」

福山が口を挟んだ。

「一筆……そんな、文(ふみ)をしたためるような気軽さでは書けぬ」

虎之介は顎を掻いた。

「では、船岡殿の目から見て、道昌が上達をしたなら、その時点で一筆を頂きたい」

息子可愛さからか、福山は食い下がった。むげにもできまい、と、

「せっかく来たんだ。ならば、稽古の一つもやろうか」

虎之介の言葉を承知したと受け止めたようで道昌は頬を綻ばせた。

虎之介は羽織を脱ぎ、大刀の下緒(さげお)で襷(たすき)を掛け、稽古槍を手に取った。穂先の代わりに先端に布を詰め、革で包んであり、たんぽ槍とも称される。

道昌も稽古槍を取る。

「いざ」

道昌は気合いを入れ、稽古槍の柄を摑んで大きくしごいた。

福山は目を細めて見入っている。

「では」

虎之介は道昌の前に立った。

槍の柄を両手で摑み、静かに腰を落とす。道昌も同じ構えをしたが、鼻息荒く、目が血走っている。

虎之介は中段の構えから馬上の敵を想定し、勢いよく突き上げると間髪入れず、引き倒す所作をした。

たんぽ槍が風を切り裂き、見えない鎧武者が馬上から転倒した。

止めとばかり虎之介は頭上で稽古槍を回転させ、地べたを突き刺した。

一瞬の淀みもない流れるような技に道昌は羨望の眼差しとなった。

「この通りやる必要はない。まずは、中段の構えから槍を突き出してみろ」

虎之介の指示に従い道昌は渾身の力を込め、稽古槍を動かす。肩に力が入り過ぎているが、筋は悪くない。武芸の基礎は出来ているのだ。

続いて上段の構えから、敵を串刺しにさせ、下段の構えになって足を払わせた。中段、上段、下段の構えの稽古を繰り返し行わせる。

道昌は卒なくこなした。稽古を進めるうちに緊張が解れ、力が抜けた分、動きに無駄がなくなった。

一息吐いたところで、

「中々ですな。武芸の素質がある」

世辞ではなく虎之介は道昌に賞賛の言葉をかけた。

「かたじけのうござる」

折り目正しく道昌は一礼した。額に汗を滲ませ、胴着の首筋は汗で色が濃くなっている。褒められたのを素直に喜び、満面に笑みを広げた。鯱張っていた道昌が武芸熱心な若侍然となり、虎之介は好印象を抱いた。

「よし、課題を与えよう。次の稽古までに、五間離れた所から歩を進め、槍を揺らすことなく敵の喉笛を突けるよう修練せよ」

言ってから虎之介は腰を落とし、両手で稽古槍の柄を摑むと、

「でえい！」

裂帛の気合いと共に駆け出し、五間先の樫の木に先端を突き出した。その間、稽古槍は微塵も揺れていない。道昌は樫の木に近づいた。

「お見事！」

道昌が称賛の言葉を送ったように稽古槍の先端は舞い落ちた木の葉を突き、樫の幹に縫い付けていた。

「道昌、よき師に巡り会えたな」

福山もうれしそうだ。

次いで、

「船岡殿、参られよ。粗さんなど進ぜたい」

と、食事の支度がある、と誘ってきた。

「堅苦しい食事ならまっぴらだ」

虎之介が言うと、

「いやいや、ご遠慮なく」

船岡は虎之介を案内して庭を歩き出した。

屋敷の隅に生垣が巡らせてある。木戸を入るとひなびた藁葺屋根の家があった。福山は中に入る。土間が広がり、藁や薪が積んである。小上がりは板敷が広がり、囲炉裏が切ってあった。

「これは」

ふとした懐かしさを覚えながら虎之介は問いかけた。

「船岡殿もお聞き及びでござろう。わしは農民の子でござった。この家は故郷の我が家を再現したものなのじゃ。とは申せ、わがふるさとの農家は何処も似たり寄ったりですがな」

どうぞ、と福山は上がった。虎之介も上がり、炉端の前に座った。

「すぐに食事の支度をさせますのでな」

福山は両手を打ち鳴らした。

下男風の男たちが囲炉裏の火を盛んにし、鉄鍋をかけ、食材を運んで来た。

夕風が涼を運んで来るとはいえ、夏の夕暮れである。炉端の火は無用なのだが料理には欠かせない。

彼らが料理をしようとしたが、

「よい、わしがやる」

福山は下男を制した。

「田舎料理のもてなし、船岡殿のお口に合わなかったら申し訳ないがな」

言いながら福山は鉄鍋に食材を入れていった。山菜や茸、他に猪の肉がある。味付けは赤味噌であった。

「味噌、醤油は生まれ育った地のものが一番、と言うか舌に馴染んでおる。美濃は赤味噌にたまり醤油でござる。船岡殿の口に合わなかったら我慢してくだされ」

福山は料理を始めた。

程なくして香ばしい香りに虎之介の腹の虫が鳴った。料理をしながら福山は実に楽しそうだ。怜悧な能吏とは思えない、田舎の村長といった風情だ。

「さ、そろそろよいですぞ」

福山は鍋から椀によそい、虎之介の前に置いた。

「熱いうちに食されよ。夏こそ身体を温め、汗をかくのがよろしい。健康が保たれるというものじゃ」

福山は小さな瓢簞(ひょうたん)を差し出した。七味唐辛子が入っている。好みに応じて使うよう福山は言い添えた。虎之介は七味唐辛子を椀に振りかけた。

いただきます、と言ってから虎之介は椀を口に近づけた。味噌が香り立ち、七味が鼻腔(びくう)を刺激する。

息を吹きかけ、一口汁を啜った。

舌は焼けるようだが、味噌の風味が心を豊かにしてくれる。山菜はしゃきしゃきとした歯応え、猪の肉は臭みがなく、染み込んだ赤味噌の出汁が肉の甘味を引きだしていた。

「酒は……」

福山は並べられた二本の五合徳利(どっくり)に視線を向け、

「諸白(もろはく)とどぶろくがござるが、やはり、諸白ですかな」

と、言った。

諸白とは清酒、おそらくは上方(かみがた)からの上等な下(くだ)り酒だろう。普段なら清酒がありがたいが、田舎家の炉端で味わう味噌鍋にはどぶろくがふさわしい。

「むろん、どぶろくを」

虎之介の答えに福山は満足の笑みを浮かべ、杯ではなく椀にどぶろくを注いだ。虎之介は一口飲んだ。酸味が鼻をついたが、素朴な味わいがやはりこの料理には似合う。

「いや、よろしいですな」

心の底から虎之介は言った。

額から滴る汗も気にならない。

「気に入って頂けて何よりです」

福山は満足そうに言った。

「よく、こうした食事をなさるのか」

虎之介が問いかけると、

「稀ですがな。ふと、郷愁に駆られて感傷めいた気分に浸りたくなる。そればかりではない。勘定奉行の役目を遂行するには、農民の暮らしぶりを知らなければならぬ。農民と言ってもわしは恵まれた富農の家に生まれ育ったゆえ、貧しさの中にある農民の暮らしぶりは見聞きしただけだがな」

福山は言った。

なるほど、福山はお飾りの勘定奉行ではなく、実務に長けた者であるようだ。その一面を垣間見たような気がした。

「公儀の台所につき、やはり、天領の隅々まで知らぬとな。机上の空論ではまかり通らぬ。それこそ、農民は苦しみ、一揆が起きる」

福山はため息交じりに語った。

「勘定所の役人の質が問われる、ということですな」

虎之介は勘定組頭、小野木清之介の一件を臭わせた。

福山の目がぎろりと光り、

「ひょっとして、小野木について申されておるのかな」

と、問いかけた。

下手な誤魔化しは通じない。

「病死と聞いたが自害、あるいは殺しの噂も流れておるようだ」

虎之介は言った。

「そのようだが……」

福山は言葉を止めた。

「噂の真偽の程はいかに」

ずばり問いかける。

「病死じゃ」

短く福山は答えた。

「承知した」

虎之介は受け入れた。

「小野木は生真面目な男で、大変に仕事ができた。惜しいことをしたな」

淡々と福山は述べ立てた。

しばらく口を閉ざしていたが、福山は虎之介に向き直り、

「いや、小野木は病死などではない」

と、前言を翻(ひるがえ)した。

「ほう、そりゃ、穏やかじゃないな」

興味を示したように、虎之介も改まった口調になった。

「殺されたと、わしは疑っておる」

「なら、取り調べたらどうだ。勘定組頭が殺害されたなど、大事出来(しゅったい)ではないか」

「小野木家から病死という届け出があったのでな、事を荒立てるのは控えねば」

「荒立てればいいだろう。臭いものに蓋はよくないぞ。と言っても、非役のおれとは

立場が違うから、無理にとは言わんが」

　虎之介は口元に笑みを浮かべた。

「そうじゃな」

　福山は生返事（なまへんじ）になった。

　つい、探求心が湧いた。

「勘定所に悪い噂が流れているらしいな」

　目を凝らし、虎之介は問いかけた。

「貴殿の耳にも入ったのか。筆算吟味において不正が行われておる、と。まことしやかに吹聴（ふいちょう）しておる者がおるようだが、根も葉もない噂だ。筆算吟味は厳格な監視の下（もと）に行われ、採点される。不正が入る余地はない」

　きっぱりと福山は言い切った。

「勘定奉行のあんたが言うのなら間違いあるまい。筆算吟味に不正はない、のだな。なら、小野木が殺された訳はなんだ」

　虎之介が問いを重ねると、

「今は見当もつかぬ」

　福山は横を向いた。

惚けおって、と虎之介は思い、

「海猫の権兵衛一味と関係があるのか」

ずばり、問いかけてみた。

はっとしたように福山は虎之介を見返し、

「海猫一味が小野木の死に関わっているとは思えぬ」

福山は額に滲んだ汗を懐紙（かいし）で拭った。

「小野木は昨年まで安房の天領で代官を務めていた。で、海猫一味は天領内の半田村の出、さらに言うと先月に半田村で盗みを働いた、こりゃ、おれのように鈍い男でも臭うぞ」

虎之介は自分の鼻を摘まんで見せた。

「海猫の権兵衛一味の行方は火盗改が追っておる。勘定奉行や勘定所が関わることではない」

福山は小野木と海猫一味の話はこれで終わりだと言わんばかりにどぶろくを椀に並々と注いだ。が、気になることがあるようで表情は曇っている。

重苦しい空気が漂ってから、

「公儀の台所に穴がある……」

「穴とは」

虎之介が問い直すと、

「使途不明の金が五百両余りだ。公儀の年間の収入は天領からの年貢、佐渡などの金山、銀山、それに長崎の交易を合わせれば優に二百万両を超えるゆえ、五百両は微々たるものだが、塵も積もれば山だ。金は天から降ってくるはずもない」

勘定奉行としての責任感からか福山は苦悩を滲ませた。

「使途不明金の見当をつけているのか」

この問いかけには福山は答えず、

「いや、つまらぬ話を聞かせたな」

と、力なく笑って言葉を濁した。

おそらく、福山は見当をつけているのだ。虎之介の耳に入れたということは大目付たる叔父、岩坂備前守貞治にも伝えたいのだろう。

虎之介は話を変えた。

「ご子息には勘定所を目指させないのですな」

「いかにも。道昌には正統なる役人の道筋を進ませたいのだ」

福山は息子の話となると目を細めた。

四

水無月五日、民部は町廻りの途次、三島町の本屋を覗いた。横峯善次郎の姿を探したがいなかった。一抹の寂しさを抱きながら出ようとしたところで、主人と手代のやり取りが耳に入った。

「例の立ち読み侍、このところ姿を見せませんよね」

「ああ、いいじゃないか。陰気で本も買わずに立ち読みをされたんじゃ、迷惑だからな。このまま来てくれないことを願うばかりだ」

主人は苦笑した。

「それがですよ、あのお侍、何か悪いことをしたらしいですよ」

「盗みでも働いたのかい。何処かの本屋で本をかっぱらったとか」

「よくわからないんですがね、お屋敷の前を通りかかったら、蟄居閉門(ちっきょへいもん)の様子でしたよ」

手代は横峯の屋敷の門に竹の竿(さお)が掛けられていた、と語った。

民部の胸はざわめいた。

「すまぬが、横峯殿の御屋敷の所在を教えてくれ」

民部は問いかけた。

「はあ……」

思いもかけず、問いかけられ手代は戸惑ったが、

「芝神明宮の裏手ですが」

と、所在地を教えてくれた。


教えられた横峯善次郎の屋敷にやって来た。

なるほど、冠木門(かぶきもん)には竹竿が掛けられ、謹慎処分の扱いがなされている。

どうしたことだ、と思うが屋敷の中に立ち入るわけにはいかない。何か事情を知る方法はないか、と思案し、近所の女房連中に当たってみることにした。

目についた長屋の木戸に入った。

路地を進み、井戸端で洗濯をしている女房たちに、

「つかぬことを訊くが」

と、民部は問いかけた。

警戒心を呼び起こしていた女たちも民部の柔和な顔つきを見ると表情を和らげて応

じてくれた。

「横峯殿、存じておろう」

民部の問いかけにみなうなずき、いかにも話し好きといったふくよかな女房が、

「変わり者で通っていますよ。何しろ、朝から晩まで考え事や難しい書物を読んでおられて、挨拶すると一応挨拶は返してくれるんですが、上の空といった風で」

と、同意を求めるように他の女に語りかけた。

「そうそう。でも、大層な親孝行なんですよ」

青物売りの女房は民部の孝行ぶりを話した。母親をおぶって医者に連れて行ったり、身の周りの世話を入念に行い、とにかく面倒見がいいそうだ。

「それが、いかがされたのだ」

民部は横峯の屋敷を見た。

女房たちは顔を見合わせた。

「知らぬか」

民部は再び問いかけた。

「勘定所のお役人といさかいを起こしたって、そんなことを聞いたわよ」

「勘定所の」

横峯が勘定所の筆算吟味を受けているのを思い出した。過去二回落ちて、あと一回で合格できなければ諦める、と悲愴な顔をしていた。

すると、筆算吟味について何か問題が起きたのだろうか。女房たちは、それ以上はわからない、と言い添えた。

「かたじけない」

民部は少額だが銭を渡し、礼を言った。

再び、横峯屋敷の冠木門に立った。黒板塀には穴が空いている。民部はそっと中を覗き込む。

庭では青物が栽培されている。暮らしの足しにするのと、横峯の母親が竹の籠に入れて売り歩いているのだ、と女房たちは言っていた。楽ではない暮らしであるが、荒れた様子はない。それは、横峯の人柄を表しているようであった。

「横峯さん……」

横峯の身を案じずにはいられない。

勘定所、縁のない役所である。どうしようか、民部には判断がつかない。

奉行所に戻ると筆頭同心の風間惣之助(かざまそうのすけ)が待っていた。

五十路に入った風間は定町廻り、臨時廻りのまとめ役とあって練達の同心だ。恰幅がよく、丸い顔に細い目に団子鼻と、いかにも人が好さげであるが同心たちの動きを把握しているだけあって、表情が引き締まると眼光が鋭くなる。

「同心らしくなったなあ」

風間は摑み所のない物言いをした。その心根は読めない。特別に自分が成長しているとは思えないし、いかにもお世辞なのだが、自分のような見習いを持ち上げるとは風間に何かの魂胆があると勘繰ってしまう。

それでも、

「お褒め頂き、がんばります」

と、無難に返した。

風間はうなずき、

「明日、わしと一緒に行ってもらいたいところがある」

と、言った。

「承知しました」

民部が返事をすると、

「よし、一杯やるか」

意外なことを風間は言い出した。

「はあ……」

戸惑いを示すと、

「偶にはいいだろう。奢るぞ」

機嫌よく風間は民部を誘った。断る理由はなく、民部は応じた。


民部と風間は八丁堀の縄暖簾に入った。

腰高障子には羽衣という屋号と羽衣を身に着けた天女の絵が描いてある。

民部は腰高障子を開けた。

「いらっしゃいまし」

娘の声が返された。

そうだ、羽衣は母親と娘が営んでいるのだ。父親は何年か前、病で亡くなったとか。

「どうぞ」

娘に導かれ入れ込みの座敷に上がった。店内は半分程が占められている。衝立で区切られた一角に民部は座った。

「とりあえず、冷や酒と奴豆腐だな」

と、風間は注文した。

ひとしきり飲み食いが進んだところで、

「明日だがな、勘定組頭小野木清之介の妻女を訪ねるのだ」

意外なことを風間が言った。

「わかりましたが……」

どうして勘定組頭の妻の所に行くのか疑問を抱いた。

「気になるか」

風間は問いかけた。

「ええ、まあ」

民部は言った。

「小野木清之介はわしの弟なのじゃ。いや、弟だった」

風間はうなだれた。

「だった、とは、ひょっとしてお亡くなりになられたのですか」

民部の問いかけに風間は小さくうなずく。

「先だって病にて死んだ」

「患っておられたのですか」

「いいや」

強い口調で風間は否定した。

民部は訝しんだ。

小野木の死について語る前に風間は履歴について説明を加えた。

「弟は優秀でな。勘定所の筆算吟味に合格した。すると、勘定所の上役小野木家から養子に迎えられた。わしも、そんな清之介が自慢であった」

清之介は勘定支配、勘定、代官、勘定組頭と出世を重ねた。

「ただ、多少融通の利かぬところがあってな……それは勘定所の役人には適した人柄と言えるのだがな」

風間は猪口を口につけ、ぼんやりとなった。清之介のことを思い出しているのだろう。

しばらく黙っていると、

「すまぬ。それでだ、弟は先月の晦日、病で死んだ、という届け出が勘定奉行に出されたのじゃが、妻の結衣殿から文が来てな。弟の死について相談したい、と言ってきたのだ。ついては、医者を連れて来て欲しい、とな」

風間は結衣の謎めいた文が気になり、医者を連れて行くよりも、医療に関する知識を持った者が良いと判断したのだそうだ。

「お役に立てるかどうかわかりませんが」

民部は言った。

「頼りにしておる」

風間は言った。

そこへ、お志乃が、

「お酒の代わり、お持ちしましょうか」

と、声をかけた。

「ああ、頼む」

風間は徳利を持ち上げた。

お志乃は、

「民部さん、すっかり八丁堀の旦那らしくなられましたよね」

と、言った。

「よせよ」

民部が照れると、

「いや、立派なもんだ」

と、風間は持ち上げた。

「民部さん、頑張ってくださいね」

笑顔でお志乃は調理場に向かった。お志乃の笑顔は小野木の死という暗闇にはあまりにも対照的であった。

ふと、横峯善次郎が思い出された。

勘定所に関わる不正、単純に結び付けられないが、何かわかるかもしれない。

五

明くる日、民部は風間に連れられ、神田明神近くにある小野木清之介の屋敷へとやって来た。

薄曇りとあって、身を焦がすような日輪は差さないが、生暖かい風がまとわりつき、じめじめとした暑苦しさを感じる。

「義兄さん、わざわざご足労を頂きましてまことにありがとうございます」

結衣は挨拶をしてから民部を見た。

「この者は南町の同心なのだが、蘭方医を志していたのだ。長崎に留学もしておった。事情があって八丁堀同心をしておるが、医術の心得、知識は確かだ。それゆえ、連れてまいった」

風間が説明すると、

「よろしくお願い致します」

結衣はお辞儀をした。

民部も挨拶を返したところで結衣は小野木の死について語り出した。

先月の二十六日、小野木は風邪をこじらせたようで発熱したが、翌日には熱が下がり食欲も出た。好物の甘い物を求めたという。

「すると、晦日に容態が急変したのですね」

民部が確かめる。

「そうなのです。風邪をこじらせただけで、大病を患わず、安心した矢先なのです」

結衣には青天の霹靂（へきれき）のように思えたそうだ。

「毒殺じゃな」

風間は断じた。

結衣は怖気（おぞけ）を震った。

「粥以外に何か召し上がりましたか」

民部は確かめる。

すると結衣の顔が曇った。

「いかがされましたか」

民部が問う。

「まさかとは思うのです……」

語るのを結衣は躊躇った。

「結衣殿、この際じゃ。何でも話してくれ。そうでないと、真実がわからぬ」

風間が頼むと、

「そうですね。ただ、わたくしの証言でご迷惑がかかるかもしれないのです」

結衣は言った。

「それでも、言ってくれ。結衣殿も清之介の死を明らかにしたいのじゃろ」

風間は懇願した。

気持ちの整理がついたのか、

「菓子を届けに来た者がおりました」

と、言ったきり、再び口を閉ざした。

「清之介は甘い物が好きであったからな。喜んだであろう」

結衣の緊張を解そうとしてか、風間は笑みを浮かべた。

「どのような菓子でしたか」

民部が問いかけると、結衣は黙って立ち上がり茶箪笥の引き出しを開いた。次いで、桐の小箱を取り出す。

「宝屋か。評判の菓子屋だな」

風間の言葉を聞きながら民部は蓋を開けた。すると風間が、

「栗饅頭だな。宝屋の看板と言える菓子だ」

と、説明を加えた。

栗のような色や形をした饅頭である。風間によると餡の中に栗が入っているそうだ。

風間が民部を促す。民部は饅頭三個を調べた。各々の饅頭を二つに割り、微量の餡を舌に付け、味と匂い、舌の痺れを確かめる。慎重に吟味を行ってから、

「毒は入っておりません。ということは、小野木殿が食された饅頭に毒が入っていたのかもしれませぬ」

民部の考えに風間はうなずいてから、

「饅頭を届けたのは誰だ」

と、問いかけた。

「御家人で横峯善次郎さまです」

結衣の答えに、

「横峯殿が」

と、思わず民部は声を大きくしてしまった。

「どうした」

風間が訝しんだ。

「いえ……その、横峯殿とは偶々、本屋にて知り合いまして」

芝神明宮での経緯を語り、横峯が筆算吟味を受けると知ったことも話した。また、

「横峯殿はどんな経緯かわかりませぬが蟄居閉門の扱いなのです」

民部が言うと、

「とすると、横峯が清之介を殺めたと疑われておるのか。蟄居を命じられたということは……」

風間は首を捻った。

民部が結衣に問いかけた。

「横峯殿は何をしにいらしたのですか」

「主人と二人で話したい、ということでしたので」

内容はわからない、と結衣は答えた。

「初めてですか」

民部は問いを重ねる。

「二度めでした」

首を傾げ訝しむような結衣に、

「何か」

民部は気になった。

「その、関係ないことかもしれませぬが、失礼な物言いなのですが、一度めは身形が見苦しかったのです。小袖に羽織を重ねておられましたが、よれておられ、紐なんぞはちぎれておりました。袴もよれて、それはだらしないと申したら気の毒なのですが、暮らしぶりが豊かではないことを窺わせるものでした」

結衣は証言した。

それでも気がとがめたのか、

「ご親切にご自宅で栽培した、とおっしゃって小松菜を土産にくださったんです」

と、言い添えた。

民部の脳裏に横峯屋敷の畑が浮かんだ。丹精を込めて栽培した小松菜を土産としたのだろう。横峯にできる精一杯の誠意なのではなかっただろうか。

「清之介は応対したのかな」

風間が確かめた。

「最初は玄関で、いわゆる門前払いでした。唐突にやって来ての面談の強要には応じられぬ、という名目で」

結衣は答えた。

「すると、二度めはその反省に立って出直した、ということか」

風間がうなずいた。

「そうだと思います。二度めは身形もきちんとし、菓子を持参なさったのです」

結衣は言った。

「この菓子、相当に値が張るでしょうね」

民部が問いかけると、

「そうじゃ。宝屋の饅頭と言えば、贈答用に珍重される。なにせ、大奥御用達の老舗菓子屋であるからな。一箱四つ入りで一両じゃ」

風間が答えた。

「そのような高価な菓子を」

民部はよくそんな菓子を横峯が土産にできたものだと、疑わしく感じた。

「清之介が横峯と会ったのは宝屋の菓子に釣られて、ということか」

冗談とも本気ともつかないように風間は結衣に問うた。

「それはありませぬ。勘定奉行福山左衛門尉さまのご指示のようだったと思います」

結衣が言うには、玄関で迎えた清之介は、「福山さまからの紹介状か」と声をかけたそうだ。福山さまが勘定奉行の福山左衛門尉を指すのは明白である。すると、横峯は福山と懇意にしているのだろうか。

「話の内容はわからないまでも、何か気付いたことはないか」

再び風間に問い質され、

「主人は普段通りでしたが、横峯さまはいささか感情が高ぶっておられたようです。ひどく思い詰めたような」

結衣は答えた。

ここで民部が、

「小野木殿は筆算吟味に関係しておりましたか」

横で風間もうなずく。

「お役目の話はうちではしません」

わからない、と結衣は答えた。

役人は上役に誓約書を提出する。

役目に励むことという説教めいた言葉が並ぶのだが、肝心な点は役目上で知り得た事項の口外を厳禁していることである。たとえ、家族にも漏らしてはならじ、と厳しく戒めていた。

「これは、愚問でした」

民部は反省した。

「お役に立てませんで、すみません」

結衣は詫びた。

「勘定奉行の福山さまにお話、聞きましょうか」

民部が言うと、

「そうじゃな」

風間は迷う風だ。

「是非とも」

民部は強調した。

「よし、よかろう」

風間は請け負った。

奉行所に戻ってから風間は吟味方与力藤村彦次郎(ふじむらひこじろう)に福山左衛門尉邸の訪問を上申した。藤村は、「石頭」どころか、「岩頭」と揶揄される程、原理原則を外さず、裁許事例をかたくなに守る。慈悲、情は裁許に不要どころか障害でしかない、という信念の持ち主だ。

そんな藤村であるため、町方の差配違いの一件に絡んだ行動は却下された。風間の弟の死であっても、町奉行所が御家人や勘定所に絡んだ事件の探索を行うことが認められなかったのである。

「すまん」

風間は詫びた。

「わたしに謝るようなことではありませんよ。当然と言えば当然ですからね。それに、悔しいのは風間殿です」

民部も予想していたことだ。

「しかし、わしとしては情けない。弟の死の真相が摑めないのだからな」

風間は嘆いた。

「無理をなさっては……あ、いえ、軽々しい言葉を発してはいけません。風間殿のご無念は察するに余りあるものがあります」

民部が言うと、

「慰めはよい。ともかく、清之介は死んでも死に切れぬかもしれぬ。冥途に辿り着けずにおるのやもしれぬな。気の毒なのは結衣殿じゃ」

風間は落ち着きを取り戻した。

民部は船岡虎之介を思い出した。虎之介ならば福山と会えるよう段取りを整えてくれるかもしれない。

「民部、忘れてくれ」

風間は言った。

対して民部も異を唱えなかった。

「そなたも、横峯殿のことが気にかかろうがな」

風間の気遣いに民部は礼を述べ立てた。

「ともかく、その後の推移は確認する。それは約束するぞ」

風間は申し訳なさそうに言った。

第二章　炎昼の駕籠訴

一

水無月十日、香取民部は江戸城大手門近くで警固の任に就いていた。登城する大名行列の安全を図っているのだ。

遮るものはなく、そよとも風が吹かない炎天下とあって、全身汗みずくである。往来には陽炎が立ち、眼前の景色が揺らめいている。

酷暑にもかかわらず、大勢の男女が見物していた。彼らは書物を手に大名行列を見ているのだ。書物は大名家の家紋が記された武鑑である。ただ、老中小枝出羽守康英の行列は武鑑を見るまでもなく、見物する誰もがわかった。

登城の際、老中の行列は迅速に移動する。駕籠かきは走り、警固の者や行列に加わっている従者も走る。老中の登城の特色であった。

迅速に登城するのはちゃんとした理由があった。

老中が急いで登城するのを見た町人たちは何か大事が起きたのではないか、と疑心暗鬼に駆られる。江戸市中に不穏な空気が漂い、根も葉もない噂が流布し、いらぬ騒ぎとなる。それを防ぐために登城において老中の行列は常に迅速に登城するのだ。

「小枝さまは日の出の勢いだってよ」

「四十で御老中とは公方さまの信頼が厚いってもんだ」

などという声が見物人の間から上がった。

すると、

「御老中さま、訴えでございます！」

男の叫びが聞こえた。

三人の男たちが小枝の駕籠に近づく。三人とも手拭で頬被りをし、木綿の着物の裾を捲り上げ、必死の形相で駕籠に向かっていた。土煙が舞い、小枝の家臣たちから、

「下がれ！」

という怒声が飛ぶ。

先頭の男が竿竹に訴状を挟み、頭上に掲げていた。意表をつかれ、民部や南北町奉

行所の同心たちは立ち尽くしていたが、慌てて訴人たちを止めに向かった。駕籠訴に限らず、直訴は御法度、斬り捨てられても文句は言えない。

民部は訴人たちが小枝の家臣から斬殺されないためにも制止しようとした。訴人は死を覚悟している。それだけに必死である。

「ならん！」

叫び立てながら民部は訴状を掲げた男の前に両手を広げて立ちはだかった。他の同心たちも訴人たちを防ぐ。脇をすり抜けようとする男に民部は抱き付いた。男は民部を払い除けようとする。民部は内心で男に詫びながら男を離さなかった。

すると、男は抵抗をやめた。

ほっとして民部も腕の力を緩める。

と、不意に男は民部を突き飛ばした。

「しまった」

油断を悔いた直後、男は小枝の駕籠目がけてまっしぐらに突き進む。小枝の家臣たちは刀を抜いて男を待ち構えた。

「御老中さま、訴えをお聞き届けください」

必死の訴えを男はした。しかし、侍たちは無情にも刃を振り上げる。刀身が眩しく煌めいた。

民部は目をそむけたくなった。

と、男が斬り捨てられる寸前、

「待て」

駕籠の戸が開いた。

侍たちは刀を止めた。駕籠から裃に威儀を正した小枝出羽守康英が出て来て男の前に立った。男は平伏し、訴状を差し出した。

小枝は、

「百姓、訴えは聞き届けた」

と、訴状を受け取った。

次に民部たち町奉行の役人に、

「訴人ども、町方にて預かれ。追って沙汰があるまでな」

小枝は命じると駕籠に戻った。

「情け深い御老中さまだ」

「民の声をお聞き届けくださるぜ」

見物人から小枝への称賛の声が上がった。民部たちは訴人に縄を打った。訴人の訴えを小枝が受け入れたのを民部も喜んだ。何処の農民なのか、訴えの儀はわからないが、死を賭した駕籠訴は重い。

決して、粗略に扱ってはならない、と民部は思った。

三人の訴人は南町奉行所の仮牢に入れられた。

民部が彼らの取り調べに当たった。

彼らは安房の天領にある半田村の農民たちだった。訴状を持っていた男は吉次郎といって村長の息子である。他の二人は小作人の宗太と三蔵と名乗った。宗太と三蔵は吉次郎に従って来ただけのようだ。

「お役人さま、二人は何の罪もございません。わしに従って来ただけですから」

吉次郎は二人を庇った。

「そなたも含めて咎め立てはせぬ」

まずは優しく民部は語りかけた。

宗太と三蔵は怯えたような目で民部を見ている。

三蔵の腹がぐっと鳴った。

「ああ、そうか、これは気付かずすまなかったな」

民部は小者に握り飯を用意するように頼んだ。

程なくして大振りの握り飯が皿に盛られて持って来られた。

「さあ、遠慮せずに」

民部が声をかけると三蔵は吉次郎を見た。吉次郎は、

「食べるべ」

自ら握り飯を手に取った。それを見て三蔵と宗太も食べ始めた。遠慮がちに一口食べると、堰を切ったようにがつがつとむさぼった。

吉次郎が食べ終えたところで、

「ならば、話を聞かせてくれ」

民部は語りかけた。

「はい」

殊勝に吉次郎は応じた。

「訴えの儀なのだが」

問いかけてから、訴訟に立ち入るのはよくないのかもしれない、と迷いが生じた。

「いや、よい」

民部は詮議を止めようとしたが、

「話を聞いてくだせえ」

吉次郎はきちんと正座をした。

民部も身構えた。

「うちの村を、ひどい盗人一味が荒らし回ったんです」

海猫の権兵衛率いる盗賊だそうだ。三十人程の手下を従えて村を襲った。村長の家では婚礼が行われていた。

婚礼とあって村長宅は祝いの金品が集まっていた。海猫一味にとってはまたとない獲物だった。一味はまず新婦の父親を血祭に上げた。庭に植えられた樫の木の前に立たせ、銛(もり)を投げつけた。父親は銛で幹に縫い付けられて絶命した。

襲撃した商家、農家で海猫一味は見せしめに一人を銛で殺すのだそうだ。

一味は情け容赦のない略奪を行った挙句(あげく)、新郎の目の前で新婦を凌辱(りょうじょく)した。

「その新郎とは……」

民部は言葉を止めて吉次郎を見た。

「わしです」

吉次郎はうなだれた。

言葉もなく民部は見返す。宗太と三蔵はすすり泣きをした。

「新婦は……」

またしても最後まで問いかけの言葉を発せられない。

「縫は……お縫は自害しました」

腹から絞り出すように吉次郎は答えた。民部は天を仰いで絶句した。

「代官陣屋には訴えなかったのか」

民部が問いかけると、

「訴えました。しかし、聞き入れられませんでした」

吉次郎は唇を嚙んだ。

「そんな馬鹿な」

民部は訝しんだ。

「嘘じゃねえですよ」

むきになって吉次郎は言い返す。

「あ、いや、そなたを疑っているわけではない。そんな凶悪なる盗賊を何故代官は召し捕ろうとしないのだ」

民部は疑問を呈した。

「表立っては運上金の未納でした」

吉次郎は言った。

代官吉田圭史郎(よしだけいしろう)は村長たる吉次郎の父、半田勘太郎(かんたろう)に、天領内の橋や道普請に要する費用捻出を目的として運上金千両を課した。それは半田村以外の村々に使われるものだった。

「親父は応じなかったのです。来年以降にしてください、とお代官さまに頼んだんです。うちでは婚礼がありますし、村も昨年の秋には大雨や火事で大きな被害を受けました。その復旧の必要がありますんで」

吉田は運上金の支払いに応じなかった吉次郎の父親勘太郎を不届きだと言って訴えを退けたのだそうだ。

「運上金と盗賊召し捕りは無関係ではないか」

民部は言ってから、

「そなたに申しても筋違いだが」

民部の言葉を受け、

「お代官さまの本音は海猫の権兵衛一味を召し捕る覚悟なんかないんですよ」

凶悪極まる海猫一味を一網打尽にする覚悟など代官にはない。代官陣屋で働く者はほとんどが領内に住む富農の次男、三男である。禄高の低い下級旗本の身では、少人数の家臣しか赴任地に連れて行けないのだ。

「ならば勘定所に捕方の助勢を求めればよいのに」

民部の疑問に、

「親父も江戸にやって来て勘定所のお役人さまに訴えたのです。しかし、親父は村に帰って来ません」

吉次郎はうなだれた。

「村を出たのはいつだ」

不穏さを抱きながら民部は問いかけた。

「先月の二十五日です」

「今日は水無月の十日だな。江戸から安房の半田村までは……」

民部が思案すると、

「およそ、三十二里です。急げば三日、余裕をみて四日あれば……」

吉次郎が答えた。

「そなたが村を出たのはいつだ」

「六日です」

「すると、勘太郎殿は村を出て十五日経つのに戻っていないのだな。訴えの準備に三日、四日要したとしても日数がかかり過ぎているな」

吉次郎は居ても立ってもいられなくなり、老中に駕籠訴に及んだのだそうだ。

「事情は大体わかったが、それなら御老中さまではなく、勘定奉行さまに訴えるのが筋ではないのか」

尚も民部が疑問を呈すると、

「それは……」

吉次郎は言葉を曖昧(あいまい)にした。

「言い辛いことでもあるのか」

努めて威圧的にならないよう穏やかに問う。

「はあ」

吉次郎は苦しそうだ。

民部は吉次郎を責めているような気がして、気が差してきた。

吉次郎はがばっと顔を上げて民部を見据え、

「お役人さま、わしは死を覚悟して江戸に出て来ました。それを思えば、恐いものはないです」

自分に言い聞かせるように告げてから、

「勘定奉行さまに訴えず、御老中さまに訴えたのは、勘定所はとても怖い所だからなのです。と、言いますのは、親父は前の代官、小野木清之介さまに訴えたのですが、その小野木さまは亡くなられました」

ここまで聞いてから民部は、

「小野木殿は安房の天領の代官だったのですか」

と、両目を見開いた。

「小野木さまはとても情け深いお代官さまでした。嵐や火事、災害などで食い詰めた者が出たら、炊き出しを行ってくださり、困窮する村民の暮らしぶりを見て回り、金子を用立て、色々と気遣ってくださいました。村祭りにも参加してくださり、困っていることはないか、と村民に声をかけるのが常でした」

懐かしそうな顔で吉次郎は語った。

「親父の勘太郎殿は小野木殿に訴えたのだな」

民部が確かめると、

「江戸の御屋敷に出向いて訴えました」

「小野木殿はなんと」

「訴えをお聞き届けになり、勘定奉行福山左衛門尉さまに上申する、とおっしゃったという文が届きました」

「福山さまはなんと」

「文には小野木さまが訴えたことしか記していませんでした。親父が戻らないことにやきもきしておりましたら、小野木さまが亡くなられた、という報せが村に届きまして、心配が一層深まったのです。わしは、疑心暗鬼に駆られました。勘定所は恐ろしい所だって」

「どうして恐ろしいなどと」

「半田村で盗賊行為が行われたなどという不祥事は勘定所であってはならない、つまり、臭いものに蓋、という対応なのではないかと勘繰ったのです」

吉次郎は怒りを滲ませた。

「それは、穏やかではないな」

勘定所に闇が広がっているようだ。

小野木は半田村の盗賊行為を検挙しようとして命を奪われたのだろうか。とすると、海猫の権兵衛と勘定奉行福山左衛門尉は何らかの繋がりがあるのではないか。

そして、謹慎となっている御家人横峯善次郎はどう関わるのか。

「話し辛いところ、すまなかったな」

民部は労いの言葉をかけた。

同心詰所に戻り、風間に報告をした。

「なんと、清之介は海猫の権兵衛捕縛を進言して殺されたのか……」

啞然として風間は眉根を寄せた。

「もちろん、決めつけはよくありません。ただ、あまりにも不穏な動きであります」

民部の言葉を受け、

「そうよな」

風間は苦悩を深めた。

「こうなっては、いよいよ福山さまのお話を聞きたくなります」

「そうじゃな」

認めたものの風間は、実現に自信がないようだった。

「念のため、吉次郎に親父が帰っているか半田村に文を書かせます」

民部が言うと、

「急ぎ飛脚を手配しよう」

風間は引き受けてくれた。

二

翌日の昼下がり虎之介は大目付岩坂貞治と共に老中小枝出羽守康英の下屋敷に呼ばれた。虎之介は浅葱色の小袖に草色の袴、絽の夏羽織を重ねた気楽な装いだが、岩坂は裃に威儀を正していた。

ところが、略装の虎之介がしきりと手巾で汗を拭っているのに対し、岩坂は汗一つかかない涼しい顔だ。年齢のせいか、体質か、はたまた岩坂の摑み所のなさを物語っているのか、虎之介は昼間というのに妖怪を見たような気がした。

向島に構えられた下屋敷は広大な敷地に御殿や回遊式の庭、沢山の土蔵、厩の他、大名屋敷には珍しい五重塔が設けてある。廃寺から移築し、改修したのだそうで、小枝自慢の塔だとか。

大川から幅広の堀が引き込まれ、荷船が三艘係留してあった。

小枝は五重塔の五重め、すなわち最上階で待っている、と家臣は告げ、虎之介と岩坂を案内した。観音扉から中に入り、階段を上る。三重めまでは五重塔らしくがらんとした板敷が広がるばかりだったが、四重めに至って多少の驚きを覚えた。

西洋の甲冑（かっちゅう）やサーベルと称される西洋剣、唐土の武具、すなわち、鉾（ほこ）や青龍刀（せいりゅうとう）、それに唐土の弓である弩（ど）が展示してあった。連子窓（れんじまど）の隙間から差し込む陽光が西洋甲冑の銀色を眩しく輝かせていた。

ゆっくり見たかったが老中を待たせるわけにもいかず、階段を上り五重めに達した。四重めまでの殺風景な空間とは一変、青々とした畳が敷かれ、壁、天井を極彩色で描かれた画が飾り立てていた。

四方の扉が開け放たれているため、涼風が吹き抜け、炎暑にはありがたい。軒から吊るされた風鐸（ふうたく）の音色も心地よい。

西の彼方には富士（ふじ）、北方には筑波（つくば）の山並みが夏空に映え、眼下には大川と江戸の町家が広がっている。軒を連ねる屋根瓦が鱗（うろこ）のようだ。

絶景に見惚れている虎之介の脇腹を岩坂が肘で打った。はっとして、畳敷の真ん中に座す小枝に一礼をする。小枝は小袖に袖無羽織を重ね、着流しというくつろいだ装いであるが、眼光は鋭く老中の威厳を漂わせていた。虎之介と岩坂に座るよう促してから、

「そなたが船岡虎之介か、神君家康公拝領の十文字鑓伝承の勇者だそうじゃな」

小枝はしげしげと虎之介を見やった。

「勇者かどうかはともかく、鎧は受け継いでおります」

虎之介は返した。

「その面構え、偉丈夫の身体、まことに頼もしい。そなた、番方の役目に就く気はないか。そうじゃな、そなたなら先手組組頭で火盗改の御頭を加役としたいものじゃ」

小枝の申し出に、

「御老中、お気持ちだけで十分ですぞ。おれは、役目に就くのは不向きなんですよ。大勢の者を束ね、あれこれ指図するのは面倒でかなわん。今の気楽な暮らしぶりが何よりと存ずる」

御免被りたい、と右手を左右に振って虎之介は辞退した。

「このように、ろくな口の利き方もできぬ身勝手な男です。とてものこと、公儀の役目を担えるものではありません」

笑って岩坂が言い添えた。

小枝は異論を唱えず、

「先だって駕籠訴があった」

と、告げた。

「耳に致しました」

岩坂は返す。

小枝はうなずき、

「安房の天領、半田村の領民からの直訴状である」

と、懐中から訴状を取り出し、岩坂に見せた。岩坂は一読後、小枝を見て虎之介に回覧していいのか目で確かめた。小枝は構わないというように首を縦に振る。

虎之介も岩坂から受け取り、訴状を読んだ。角張った達筆な文字で訴えが記されている。

そこには悲惨極まる盗賊被害が記されていた。村長を務める半田勘太郎の息子吉次郎の婚礼を海猫の権兵衛一味が襲い、花嫁の父を銛で串刺しにして殺し、金品を略奪のうえに花嫁を凌辱した。花嫁は衝撃の余り自害して果てた。

ところが、代官吉田圭史郎は勘太郎が運上金を拒んだことを楯に海猫一味召し捕りを拒んだ。よって、老中小枝出羽守康英に海猫捕縛を嘆願したのだった。

「領民どもの命を賭した訴えである。おろそかにはできぬ」

険しい表情で小枝は言った。

「まさしく」

すかさず、岩坂が賛同する。

対して虎之介は、

「吉次郎という村長の倅、勘定所に訴えなかったのですか。村長の勘太郎ならば、勘定所にも知り合いがいそうなもんだがな」

と、岩坂に問いかけた。

「さあな」

岩坂は惚けた。

「不都合なことでもあるのか」

尚も虎之介が疑問を呈すると、小枝はにやりとした。

「船岡虎之介、中々よい読みをしておるではないか」

懐中からもう一通の書状を取り出した。

反射的に虎之介は手を出して受け取ったが、岩坂を憚(はばか)って先に読ませようとした。

「構わん、読め」

岩坂に勧められ虎之介は目を通した。

そこには、勘太郎が勘定組頭小野木清之介に訴え、小野木は勘定奉行福山左衛門尉に上申を約束した。しかし、福山は海猫の権兵衛一味捕縛に動かず、小野木は死を遂げてしまった。そのうえ、勘太郎は半田村に戻っていない。吉次郎は小野木の死に勘定所の闇を感じ、父親勘太郎もその闇に落ちてしまったのではないか、と心配していた。

「ふうん、面白いな」

不謹慎を承知で虎之介は感想めいた物言いをした。

岩坂も読み終え、

「これは、いかにも不穏ですな」

と、危ぶんだ。

「岩坂、船岡、その方ら福山道信を調べよ」

小枝は厳か（おごそ）な声で命じた。

岩坂は平伏したが、

「おれは乗り気になれないな」

虎之介は逆らった。横で岩坂が苦い顔をする。

「船岡、そなたが褒美や出世に釣られるような男ではないとは存じておる。だが、ここは命を賭けた領民どものために一肌を脱いでくれぬか」

落ち着いた口調で小枝は頼んだ。

「怜悧、聡明な小枝さまが情に訴えるとはな。いや、それもおれを働かせるための方便というものか。おっと、生来の臍曲がりゆえの勘繰りとご勘弁願いたい」

軽く頭を下げた。

「いやいや、却って爽快じゃ。物怖じする者、見え透いた世辞を言い立てる者ばかりの世の中にあって、そなたのような戦国武者然とした男は貴重じゃ」

小枝は扇子を広げ、虎之介を煽いだ。

虎之介は複雑な顔つきとなった。

それを見て、

「どうしても引き受けてくれぬか」

もう一度、小枝は頼んだ。

「政が絡む一件は気が進みませぬな」

改めて断ってから、

「但し、海猫の権兵衛一味退治なら引き受けましょう」

虎之介は言った。

「そうきたか。よかろう。そなたに海猫一味成敗を任せる」

小枝は即断をした。

すかさず岩坂が、

「畏れ入りますが、虎之介に一筆したためてやってくださりませぬか」

と、頼んだ。

「よかろう、何と書く」

小枝は応じた。

岩坂は、

「船岡虎之介、海猫の権兵衛及び一味捕縛の全権を付与するものなり、小枝出羽守、とでも」

岩坂の提案に、

「よし」

小枝は文机(ふづくえ)に向かい、書状をしたためた。末尾には花押(かおう)を記した。

「これでよかろう」

岩坂にも見せた後に虎之介に渡された。

次いで、

「役目遂行の費用である」

と、二十五両の紙包み、すなわち切り餅を二つ虎之介の前に置いた。

「遠慮なく頂戴致しますぞ」

虎之介は懐中に入れた。

岩坂が、

「無駄遣いはするなよ」

と、声をかけたが、

「構わぬ。聞き込みに使おうが武具の支度、旅支度、その他必要なものに使おうが、はたまた、飲み食いに使うのも勝手であるぞ」

小枝は懐の広いところを示した。

「さすがは御老中さまだ。公儀の大黒柱はこうでなくてはな」

虎之介は笑った。

岩坂が、

「そなた、海猫一味を退治すると請け負ったが、一味を探し出す手法はどうするのだ」

と、懸念を示した。

それは虎之介ばかりか小枝への質問でもあった。

「さてな……一味探索の手立てなどおれにあるはずがなかろう」

当然のように虎之介が返すと、

「海猫一味については、火盗改に調べさせておる。程なくして手がかりが得られよう。岩坂の屋敷に届けさせるぞ」

小枝は言った。

「承知しました」

岩坂がうなずいたところで家臣が、

「失礼致します」

と、階段を上がって来た。

「入れ」

小枝が声をかけると家臣は分厚い書状を小枝に差し出した。

「おお、うまい具合に火盗改から書状がまいった」

小枝は書状を開いて視線を走らせた。

その後、無表情で虎之介の前に置く。

「拝見」

虎之介は書状を読んだ。

火盗改の探索によると海猫の権兵衛は安房国半田村の漁師であった。十二年前、網元の愛妾(あいしょう)に手を出し、漁師を続けられなくなった。権兵衛は腕っぷしが強く、喧嘩で負けたことがなかった。腕力にものを言わせ、漁師仲間の荒くれ者と村内で乱暴狼藉を働くようになった。

更には賭場を開いて銭金を荒稼ぎした後、十年前から盗賊行為を始める。代官陣屋の手を逃れ、安房国ばかりか上総国、下総国、相模国でも暴れ回った。

当初、根城を安房国内に定めていたが、江戸湾各地を転々とするようになった。

それが、今年の皐月、十年ぶりに安房の半田村に姿を現し、勘太郎の家を襲った。襲った背景には村長の半田勘太郎に対する恨みがあった。十二年前、権兵衛が網元の愛妾に手を出した際、勘太郎は権兵衛を村八分に処したのだ。

「江戸……」

虎之介は顔を上げた。

「江戸に潜伏しておるらしいぞ」

小枝は言った。

「何故でしょうな」

と、岩坂が訊いた。

「火盗改の推測では、江戸で大きな仕事があると手下の一人が漏らしたそうだ」

虎之介は答えた。

火盗改の隠密同心は、品川宿の賭場で遊ぶ海猫の権兵衛の手下から誘われたそうだ。酒を飲ませて舌が滑らかになったところで、聞き出したという。

「問題は江戸の何処を根城とし、何を企んでいるかということですな」

岩坂が指摘すると、

「その辺りも、引き続き火盗改が探索に当たっておる」

当然のように小枝は返した。

次いで、心持ち胸を張り、

「そなたらも火盗改の調べでわかるであろうが、海猫一味は安房、上総、下総、相模を股にかけて荒らし回ったが、わが領内は一度たりと侵させておらぬ。いかに凶悪であろうと盗人ごときに臆するような家臣はおらぬ。万全なる警固を敷いておるゆえ、海猫一味もわが領内ばかりは、避けておるのであろう」

と、自画自賛した。

賞賛の言葉を並べ立ててから、岩坂は海猫の権兵衛一味捕縛に当たって火盗改に虎之介が助勢できるよう売り込んでいる、と告げた。

小枝が小普請組、すなわち無役の旗本に過ぎない虎之介を自慢の五重塔に呼んだのは、火盗改から虎之介助勢について耳にしたからだろう、と合点がいった。

「じゃあ、火盗改が捕縛するのが筋じゃないのですか。おれがしゃしゃり出ることはない、と思うが」

わざと臍の曲がった問いかけをした。岩坂は横を向いて惚けている。

「それはそうじゃが、わしはな、海猫の権兵衛一味捕縛を単なる盗人一味の召し捕りでは済ませたくはないのだ」

わかるな、というように小枝は岩坂を見た。

「安房国の天領における勘定所の闇を暴きたいのですな」

岩坂の推測に、

「まさしく、その通りであるぞ」

我が意を得たりとばかりに小枝は強くうなずいた。

虎之介が口を開こうとしたのを小枝は制し、

「勘定所の闇はわしが晴らす。そなたは関わらなくてよい」

「それはいいですが、火盗改に権兵衛たちを捕縛させないのはどうしてですか」

「申したであろう。単なる盗人捕縛で落着(らくちゃく)させてしまうからじゃ」

不機嫌そうに小枝は言った。

「小枝さまが火盗改の裁許に介入すればよろしいのでは」

虎之介が問いかけると、

「それがうまくゆかぬのだ」

「何故ですか」

虎之介は食い下がった。

「それこそ、政の話になるぞ」

これ以上は立ち入るなというように小枝は念を押した。

虎之介に代わって岩坂が問いかけた。

「公儀の出納に付、よからぬ噂を耳にしました。何でも、五百両もの使途不明金があるとか。勘定所の闇ですな」

勘定奉行福山左衛門尉道信から聞いた一件を虎之介は岩坂に報告していた。福山が公儀の秘事を虎之介に漏らした狙いは大目付岩坂貞治の耳に入れ、幕府財政の責任を負う勝手掛老中たる小枝康英を揺さぶることにあるとすれば、岩坂の問いかけは福山の意に沿ったものでもある。

小枝は動揺の色を示すことなく、

「高々五百両の使途不明金など、目くじらを立てる程ではない……とは申さぬ。公儀の金、すなわち天下万民のための金じゃからな。由々しきことだとわしも心を痛めておる。必ず明らかにせねばならぬ。勘定所の闇が晴れれば使途不明金も明白になろう」

胸を張って返した。

次いで、

「それにしても、五百両ばかりの使途不明金を見つけ出すなどという細々とした仕事、百姓上がりの男ならではじゃのう」

と、福山を揶揄した。

小枝にとって福山は煙たい存在のようだ。

「さて、固い話はこれくらいにして」

小枝は酒と料理を振舞ってくれた。

酒は灘の造り酒屋から取り寄せた極上の清酒、肴は鯉の洗い、煮鮑、雉焼きなどで、特に氷の上に盛られた鯉の身は盛夏の昼には無類の御馳走であった。

ふと、福山にもてなされた田舎料理を思い出した。

小枝出羽守康英と福山左衛門尉道信、まさしく正反対、水と油のようだ。

三

十二日、民部は神田お玉が池にある瀬尾道場にやって来た。

紺の道着に着替え、防具を身に着けて竹刀を手に道場に出た。今日も虎之介がいるが、寝そべらずに門人たちの間を縫って指南をしている。

民部は目礼し、門人相手に打ち込み稽古を始めた。入門仕立ての頃は、竹刀に引きずられ、まともに打ち合えなかったが、虎之介から日に百回の素振りを課せられ、下半身が安定した。お蔭で相手に迷惑をかけない程度には竹刀を使うまでになっている。

来月末には道場内で試合が組まれ、民部も出る予定だ。勝ちたいがまずは恥ずかしくない剣術を行いたい。

稽古の後、庭に出た。

門人たちと同じく道着を諸肌脱ぎ(もろはだ)になった。井戸水を汲み上げ、手拭を濡らすと上半身を拭った。木陰に入ると涼風が吹き、心地よい疲労に身を浸すことができた。

虎之介がやって来て、

「修練、怠っておらんな。感心、感心」

と、誉め言葉をかけてくれた。雑談を交わした後、

「ちと、ご相談が」

と、囁きかけた。

「何でも申せ」

快活に虎之介は応じた。

民部は横峯善次郎の濡れ衣を晴らしたい、と虎之介にこれまでの経緯を語り、

「まずは横峯さんに会いたいのです。船岡先生のお力でなんとかなりませぬか」

と、頼んだ。

「おれを頼られてもな……と断らんぞ。よし、任せろ。おれが横峯善次郎に会えるようにしてやる」

意外な虎之介の返答に、

「そんなことができるのですか」

民部はぽかんとした。

「おい、おれを疑うのか」

冗談交じりに虎之介が顔をしかめて見せると、「失礼しました」と民部は頭を下げ

た。

「そうだ、おれも民部に手助けを頼むか」

虎之介は言った。

「わたしにできることがありましたら」

民部は引き受けた。

明くる日、民部と虎之介は横峯善次郎の屋敷にやって来た。竹竿が掛けられた冠木門の前に勘定所の奉公人が立っていた。二人なのだが緊張の様子はなく、だらけている。あくびをしたり、雑談を交わしていた。

虎之介は二人を無視して冠木門脇の潜り戸から中に入ろうとした。さすがに二人は虎之介に、

「待たれよ、ここは立ち入りできないのです」

一人が阻もうとするのを、

「おれはできるんだ」

事もなげに虎之介は返し、潜り戸から屋敷の中に入った。

「あ、あの……」

二人は虎之介を止めようとして民部に気付いた。

「役目です」

民部は具体的なことは言わず、虎之介に続いた。二人は顔を見合わせていたが、あまりの虎之介の堂々ぶりにそれ以上は声をかけてこなかった。

母屋の玄関前で、

「御免ください。横峯殿に会いにまいりました」

民部は格子戸を叩いた。

しばらくしてから戸が開き、母親らしき女が顔を出す。民部と虎之介を見て戸惑いの表情となった。民部は素性を名乗ってから、

「直参、船岡虎之介殿です。今回の一件につきまして役目遂行を担っておられます」

虎之介を紹介した。

「まあ、それはそれは……」

すっかり恐縮して民部と虎之介を家に導き入れた。腰を屈め、廊下を奥に進み、座敷に到った。廊下は傷んでいるが掃除は行き届き、塵一つ落ちていない。母親の人柄を物語っているようだ。

襖越しに、

「善次郎、お役人さまですよ。お取り調べです」

と、母親は声をかけ、襖を開けた。

座敷の真ん中で横峯は正座をしていた。

月代と髭は伸び放題、目だけがぎらぎらとしている。身形を気にしない横峯であるが、加えて謹慎中とあって月代と髭の手入れは許されず、だらしなさを通り越して悲愴な様子だ。

横峯は黙って首を垂れた。

民部と虎之介は中に入り、横峯の前に座した。母親は深々と頭を下げて立ち去った。

「横峯さん、南町奉行所の香取です」

民部が声をかけると横峯は顔を上げ、民部の顔をしげしげと見返し、

「ああ、香取さん。いつぞやは御馳走になりました」

と、思い出してから虎之介に視線を向けた。

次いで、

「あの……謹慎中の拙者を訪ねていらしてよろしいのですか」

と、民部と虎之介の身を案じた。

民部は虎之介が旗本小普請組で海猫の権兵衛成敗の役目を担ったと説明した。

「海猫の……」

横峯は口を半開きにした。

虎之介はまず民部に聞き込みを任せた。

「お話を聞かせてください」

民部が問いかけると、

「何でも聞いてください」

素直に横峯は応じた。

「ならば、まず、どうして横峯さんは謹慎させられているのですか」

民部の問いかけに、

「勘定組頭小野木清之介殿を殺めたという疑いをかけられたのです」

勘定所から連絡を受けた目付の使いが来て、評定所での吟味の日取りが決まるまで謹慎せよと命じられたそうだ。

「謹慎の道筋はわかりましたが、小野木殿殺害を疑われた理由を詳しくお話しください」

「香取さんにも話しましたように、拙者は筆算吟味に合格しようと奮闘しております。

ところが、筆算吟味におきまして不正が行われている、と耳にしたのです」

筆算吟味合格を目指す御家人仲間からそんな噂を聞いたそうだ。

「拙者は許せませんでした」

それはそうだろう。筆算吟味合格を目的や生きがいとしてきた横峯にとって、不正などは人生を侮辱されたようなものだと感じたに違いない。

「拙者は噂の真偽を確かめようと、筆算吟味の責任者である勘定組頭小野木清之介殿を訪ねたのです」

横峯は小野木訪問の理由を語った。

怒りと不審に任せての訪問だった。果たして、約束なしの訪問と身形のだらしなさから門前払いをされた。身形を整え、それなりの紹介状が必要だと横峯は反省して、帰ろうとした。

すると、横峯と同じく面談が叶わなかった者がいた。紋付羽織袴に身を包み、身形を整えた五十年輩の男だった。脇差は差しているが大刀は腰に帯びていないことから侍ではないようだが、品格を感じさせた。

気になっていると、その男と目が合った。

「男は安房国の天領にある半田村の村長で半田勘太郎殿とわかりました」

横峯は言った。

虎之介の目が光ったが、黙って横峯の話の先を促した。

「拙者、勘太郎殿と話をしたのです。それは、気の毒なものでした」

横峯は言葉を詰まらせた。

ここで、呼吸を整えるべく横峯は言葉を止めた。

次いで、

「勘太郎殿はご子息の婚礼の日、海猫の権兵衛一味に襲われたのです」

と、経緯を語った。

吉次郎自身から聞いていたが、第三者たる横峯の口から耳にすると、改めて民部は悲惨な有様に息を呑み、言葉が発せられない。虎之介も唇を噛み締め、海猫一味への憎悪を示していた。

「拙者も憤りました。小野木殿は以前半田村を中心とする天領の代官を務めておられたのです。現在の代官吉田圭史郎殿が訴えを聞き入れてくれないため、勘太郎殿は小野木殿に訴えにいらしたのです。それを小野木殿は……拒絶なさいました」

横峯は勘太郎と吉次郎親子に深い同情を寄せた。筆算吟味不正の噂と相まって小野木への疑念と嫌悪を募らせたという。

しかし、吉次郎の話とは大きく矛盾している。

「小野木殿は聞き入れてくださったのではないのですか。勘定奉行、福山左衛門尉さまに上申すると約束してくださった、と勘太郎殿のご子息吉次郎殿から聞きましたが……」

民部は返してから、吉次郎が老中小枝出羽守康英に直訴に及んだことを話し、吉次郎をはじめ駕籠訴した三人を南町奉行所で預かっていると言い添えた。

謹慎中に予想外の動きがあり、横峯は驚きながらも話を続けた。

「拙者は勘太郎殿に諦めずにもう一度、小野木さまに訴えるよう励ましました。続いて拙者は筆算吟味に関する不正の噂を持ち出しました」

横峯は勘太郎と話し合った。

そこで浮かんだのが勘定奉行福山左衛門尉道信であった。十年前、福山も安房の天領の代官を務めていたことがあり、勘太郎とも面識があった。小野木の頭越しではあるが、小野木が受け付けてくれないからには、福山に訴えることにした。

「行きがかり上、拙者も同道致すことになりました。しかし、いかんせん、貧乏暮らしの身形とあって大いに気が引けたのも事実なのでした」

恥じ入るように横峯は面を伏せた。

民部はどう声をかけていいのかわからず、しばし沈黙した。

「正直に拙者は懸念すべき身形のことを申しました。すると、勘太郎殿は身形を調える金子を融通してくれたのです。もちろん、返済するつもりで借りました。勘太郎殿は出世払いで構いません、と言ってくれました。筆算吟味に合格できるよう励ましてもくれたのです。拙者、すっかり感激し、勘太郎殿のために微力ながら役立とうと思いました」

生真面目な横峯らしい。

明くる日、横峯は古着屋で小袖と羽織、袴を買い求め、月代と髭を入念に剃り、こざっぱりとした身形を整え、勘太郎と共に福山を訪ねた。

但し、福山は多忙で訪問は夜更けであった。

「福山さまは、自分は農民の出だと、領民の訴えには耳を傾けるべきだという信条をお持ちです。それゆえ、下々（しもじも）の者の声に耳を傾けてくださるのです」

横峯は福山が親身になって勘太郎の訴えを聞き届けたのを感激の面持ちで語った後、

「福山さまは海猫の権兵衛一味を捕縛するのを請け負ってくださいました」

と、言い添えた。

「ふ〜ん」

　虎之介は首を捻った。

　民部は目で話の続きを促した。

　うなずくと横峯は話を再開した。

「福山さまは勘太郎殿に自分に直訴したとは村に帰ってから申すな、ときつく釘を刺しました。あくまで、勘定組頭小野木清之介殿から福山さまへの上申が行われた、と伝えるよう申されたのです」

「何故、そのようなことを福山さまはおっしゃったのですか」

　民部が疑問を呈すると、

「秩序が乱れる、ということでした。小野木殿の顔を立てるという目的もあったのだと思います」

　横峯は福山の処置を好意的に受け止めた。

「なるほど、それで、横峯さんはもう一度小野木殿を訪ねたのですか」

「福山さまは、ご親切にも紹介状をしたためてくださったのです。筆算吟味に関する悪い噂は自分も気になっていたのだ、ともおっしゃいました。よって、拙者が小野木殿に噂の真偽を確かめる手助けをしてくださったのです」

　横峯は福山の紹介状を持参して小野木を再訪したのだった。

横峯が身形を整え、福山の紹介状を持っていた事情はわかった。なるほど、そういうことだったのか、と民部は内心で膝を打った。

「いや、よくわかりました」

民部は言った。

「それで、小野木殿は筆算吟味不正についてどのようなことをおっしゃったのですか」

立ち入ったことですが、と断りを入れて民部は問いかけた。

「小野木殿は筆算吟味に不正も不公平もない、と強く主張なさいました。合格できない者が悔し紛れで、そんな根も葉もない世迷言を申しておるのだろう、とおっしゃった挙句に、拙者を努力不足だ。そんな埒もないことを気にしたり、小野木邸を訪問する暇があるのなら、和算問題の一つも解くのだ、と小言までなさいました。拙者はぐうの音も出ませんでした」

言葉通り横峯はがっくりと肩を落とした。

さぞかし、横峯は恥辱に感じたことだろう、と民部は想像した。

ここで虎之介が、

「海猫の権兵衛一味捕縛については何か言っていなかったかい」

と、問いかけた。

「ああ、そうです。海猫の権兵衛の名を出しましたら小野木殿の顔色が変わったのです」

横峯は虎之介に向いた。

「ほう」

虎之介は興味を抱いた。

「どうおっしゃったのですか」

民部も半身を乗り出した。

「海猫の権兵衛一味は必ず召し捕る。自分が必ずお縄にし、裁きを受けさせる。よって、そのことは他言無用だ、と」

強い口調で小野木は断言したそうだ。

「小野木はどうするつもりだったのだろうな。自分の手下で海猫一味を召し捕るつもりだったのだろうか」

虎之介は顎を掻いた。

「そのおつもりだったのだと思います」

横峯は推測ですが、と言い添えた。

「その根拠は……」

民部が問いかける。

「余計なことと承知しつつ、拙者は海猫一味捕縛に助勢を申し出たのです」

横峯は意外なことを言い出した。

「安房まで行く気だったのですか」

民部が確かめると、

「そのつもりでした。勘太郎殿の窮状に大いに同情しました。申し出てからそんな暇があったら筆算吟味合格に備えよ、とお目玉を頂戴する、と悔いました」

いかにも人の好さげな横峯らしい。

「それで」

虎之介は先を促す。

「案の定、それには及ばぬ、と小野木殿は拒絶なさいました。ただ、不快がってはおられませんでしたので、もう一度助勢を申し込みました。すると、わざわざ安房にまで足を延ばすことはない、とおっしゃって、それきり口を閉ざしてしまいました」

横峯の話を聞き、

「海猫一味は安房が根城ではないからな」

虎之介が言った。

「それで、小野木殿の御屋敷を辞去したのです」

横峯は話を締め括った。

「他に何か気が付いたことはありませぬか」

民部が問う。

「話は終わりましたので……特には……」

申し訳なさそうに横峯は言い添えた。

「何でもいいのです」

しつこいのを承知で民部は問いかけた。

「さて」

横峯は思案を巡らす。

「すみません、どのように些細(ささい)なことでもよいのです」

民部も申し訳なさそうに問いを重ねる。唸るようにして横峯は思案の後に、

「お内儀に兄上に連絡をしろ、となんだか急いでおっしゃっておられましたな」

虎之介が訝しむと、

「小野木殿の兄は南町の筆頭同心風間惣之助殿なのですよ」

民部が説明を加えた。

「町方の同心に急いで連絡とは……こりゃ、臭うな」

虎之介はニヤリとした。

「ですが、風間殿は小野木殿から話を聞いていなかったものと思われます。小野木殿の死について何もご存じなかったのですから」

民部は言った。

「小野木が実兄である南町同心を頼るつもりだったのは、海猫の権兵衛一味の根城が江戸にある、と見当をつけていたのかもしれんな」

虎之介の考えに、

「そうに違いありませんよ」。

民部も賛同した。

「となると、小野木は海猫の権兵衛一味について何らかの情報を摑んでいたのかもしれんな」

「そうですね……それにしましても、何故勘定奉行、つまり、福山さまを頼らなかったのでしょう。福山さまは海猫一味を捕縛するおつもりでいたのです。福山さまからの連絡が届いていなかったとしても、福山さまに上申し、捕縛についても相談するのではないでしょうか。いくら実兄だからといって町方に頼るというのは差配違いです」

民部は納得できないようだ。

管轄以外の事件、問題に首を突っ込むのは御法度だ。差配違いと称され、咎められた。管轄に跨る問題、訴訟、事件は評定所で吟味、裁許された。

とはいえ、何事にも異例の措置はある。緊急性や重要案件に関しては差配違いも大目に見られる。しかし、法度に忠実な勘定所の役人である小野木が敢えて差配違いをして海猫一味捕縛に動こうとしたのは何故だろうか。

「憶測は禁物だが、小野木は福山に不審を抱いていたのかもな」

ずばり、虎之介は指摘した。

「ど、どういうことでしょう。勘太郎殿に福山さまは海猫一味捕縛を約束なさったのです。福山さまがおっしゃったのは虚言で、捕縛の意志はない、ということでしょうか」

横峯は首を傾げた。

虎之介が、

「そういうことかもしれんぜ。少なくとも福山と小野木は信頼関係になかったんだろうな」

と、言った。

「恐ろしいです。拙者、必死の思いで目指していた勘定所がそんな闇に覆われているなど……一体、拙者は何を信じれば」

横峯は動転してしまった。

民部が、

「いや、勘定所という組織は公儀にはなくてはならないものです。勘定所抜きにして公儀は動きません。今回の一件は勘定所の悪い一面を見せていますが、あくまで一面にしか過ぎません。また、今回の一件が解決できたなら、勘定所は風通しがよくなり、より一層働き甲斐があります。今回のことで気落ちせず、筆算吟味合格を目指してください」

横峯を励ました。

「そうですな……しかし、そもそも、拙者、解き放たれるのでしょうか。濡れ衣が晴れるのでしょうか。饅頭に毒など、拙者がそんなことをするわけがございません」

我が身の現実を思い、横峯は嘆いた。

「饅頭、何処で買い求められたのですか」

民部が確かめた。

「神田の宝屋です」

横峯が答えると、

「そうでしたな」

民部が答えてから、

「そんなに評判なのか」

虎之介が確かめた。

「近頃評判なんですよ。朝から行列ができているそうですよ」

民部は言った。

「ふ～ん」

虎之介は顎を掻いてから、

「知らなかったな。もっとも、おれは甘い物は好きでも嫌いでもないが……神田というと、そんな評判の店なら耳に入っていそうだがな。老舗なのか」

虎之介が問いかけると、

「新しい店ですよ。今の主人が店を構え始めたんです。主人は京の都で菓子職人修業をしてきたそうですよ」

民部が言った。

「味は確かということか。それにしても、毒入り饅頭とはな、古臭い手を使いおって。横峯さん、よく、そんな評判の饅頭を買えたもんだな」

虎之介らしい遠慮会釈のない問いかけをした。

横峯は恥じ入るように目を伏せ、

「実は、宝屋で買うと値が張るため、献残屋から買いました」

と、打ち明けた。

献残屋とは大名屋敷や旗本屋敷に出入りをし、贈答品の余りを買い取り、安く売る商売だ。武家屋敷の多い江戸ならではの商売であった。

献残屋なら品物を箱詰めにし、体裁を整えてくれる。

「拙者、饅頭が入った木箱を開けてはおりません。まこと、饅頭に指一本触れておりません」

横峯は主張した。

「よくわかります」

民部は横峯を信じると言い添えた。

「信じてくださいますか」

横峯は興奮で顔を上気させた。

「もちろんです。では、献残屋を教えてください」

民部は言った。

「神田司町の往来屋です」

横峯は答えた。

「よし、調べるか」

虎之介は立ち上がった。

民部も帰ろうとしたがふと、

「小野木殿に宝屋の栗饅頭を土産にしたのは、何か理由があるのですか」

と、問いかけた。

「勘太郎殿から小野木殿が無類の甘党だと聞きました。ご親切にも勘太郎殿は今なら宝屋の栗饅頭が評判だから、土産になさっては、と勧めてもくれたのです」

横峯の答えを受け、

「おれも食べてみたくなったな」

虎之介は軽口を叩き、話を切り上げようとした。しかし、民部は妙な言い方だがこれで帰っては勿体ないような気がした。謹慎中の横峯なのだ。限られた機会にできるだけ多くの情報を得たい。

ここは粘らねば。

何か不明な点はないか。

小野木訪問の経緯はよくわかった。それに比べて福山訪問のことはあっさりと聞き流してしまった。

八丁堀同心としてもっと深掘りせねば、と民部は自分を鼓舞した。

「すみません、蒸し返すようですが福山さま訪問の際、小野木邸と同様に些細な点でも、お気付きありませんか」

改めて民部が問いかけると虎之介は浮かした腰を落ち着けた。横峯は訝しみながらも民部の求めに応じて思案を巡らす。

しばらく後、

「福山さまは、勘太郎殿との再会を大変喜んでおられました。ただ……」

横峯は言葉を止め、首を捻った。

「ただ……どうしたのです」

引き込まれるように民部は問いを重ねた。

「御屋敷を訪れた際、すぐには勘太郎殿とおわかりにならなかったようです。なにせ、十年ぶりの再会、しかも何度も顔を合わせてはおられなかったのですから、無理からぬことですが……ただ、福山さまは気遣われ、許せ、と勘太郎殿に詫びられました」

横峯が思い出すと、虎之介は、「へ～え、そうか」と生返事をしたが、

「勘太郎殿は何か申されましたか」

と、民部は気になって訊いた。

「十年前は、海猫一味の盗賊行為を訴える場にて面談しましたので、ずっと面を伏せておりましたゆえ、福山さまが自分の面構えを見忘れたのも当然だ、と勘太郎殿はおっしゃり、それからわだかまりも消え、和やかな場となりました」

横峯は答えた。

「何か気になるのか」

虎之介が口を挟んだ。

「いえ、特には……」

福山が勘太郎を見忘れたと聞いて不審を抱いたが、どうやら考え過ぎだったようだ。

更に民部の疑念を晴らすような証言を横峯は言い添えた。

「お座敷で面談に及んだのは蠟燭の明かりがあったとは言え、夜更けのことで薄暗かったのですが、御庭に出ましたら篝火(かがりび)が焚かれており、とても明るかったのです」

息子の道昌が夜間にも武芸の稽古をするとかで篝火を焚いていたそうだ。

「篝火に勘太郎殿の顔が映りますと、福山さまは大きく目を見開かれ、もう一度訪ねて参れ、昔語りなどしよう、とお誘いになったのです」

横峯の証言の意味するところは、明るい場所で勘太郎を再見した福山は十年の歳月が消え、懐かしさが蘇ったということだ。

民部は得心がゆき、横峯とのやり取りを終えた。

四

その足で、民部と虎之介は神田司町にある往来屋にやって来た。店内には干し鮑、煎海鼠（いりこ）、フカヒレ、鰹節（かつおぶし）などの食品の他、羊羹（ようかん）、饅頭などの菓子、更には掛け軸、青磁（せいじ）の壺などの骨董品が並べられている。庶民には手が出ない品々が手の届く値で売られていた。

民部が主人に面談を求めた。主人はにこやかに応対に出た。

「繁盛しているな」

民部は警戒心を解くためにまずは声をかけた。

「当節、手前どものような町人もお大名が味わっていらっしゃる贅沢な食べ物が口に入るようになりました。よい世になったものですわ」

主人は伝兵衛と名乗った。

「まことだな」

民部も調子を合わせ、名乗った。

「香取さま、何かお気に召した品がございましたら、名刺代わりに……」

と、含みを持たせた物言いを伝兵衛はした。民部は店内を見回し、

「宝屋の栗饅頭はないかな」

と、言った。

伝兵衛は揉み手をし、

「宝屋の栗饅頭は特に評判が高いので、店頭に置くとたちまち売り切れてしまうのですよ」

と、にこやかに述べ立てた。

「数日前に横峯善次郎という御家人に売ったんじゃないか」

民部が確かめると、

「そうでしたかな」

伝兵衛は視線を泳がせた。

「申し訳ございません。売り先のお客さまのお名前までは確かめたり、帳面に書き残したりしませんので」

「覚えていないか」

「それはそうだな」

「その栗饅頭がどうかしましたか」

伝兵衛は訝しんだ。

民部はそれには答えず、

「宝屋の栗饅頭は何処の武家屋敷から買い取ったんだ」

と、問い直した。

伝兵衛は首を捻っていたが、

「あの……何か御用の筋に関わるのでしょうか。手前どもはまっとうな商いをしております。決して、人から後ろ指を指されるようなことはしておりません」

と、大真面目な顔で言い立てた。

「なにもそなたを疑ったり、取り調べようというのではない。何処の武家屋敷で買い取ったのか知りたいだけだ」

諭すように民部が語りかけると、

「では、少々お待ちを」

と、手代に、

「買い取り帳簿を持っておいで」

と、頼む。

伝兵衛は、

「近頃はどちらのお武家さまも台所が楽じゃございませんので、手前どものような商いが成り立つのでございますよ。鰹節一つでも貴重な品でございますからな。まこと、お武家さまには暮らし辛いでしょうが、手前ども商人にとりましては良い世の中になったものでございます」

などと、饒舌に語った。

民部は適当に相槌を打っていると手代が帳面を届けた。

伝兵衛は帳面を捲りながら、

「ああ、これ」

と、民部に見せる。

民部が覗き込むと俵物の上物とあった。買い取り先は国持ちの大大名屋敷であった。

首を傾げていると、

「こちらのお大名はご立派なお屋敷でそれはもう大した品々の買い取りがあるのです。ですが、内情は楽ではないようで、やはり、お大名というのは体面を保つのが大変なのでしょうな」

と、言った。

「宝屋の栗饅頭を買い取ったのか」

民部が問いかけると、

「いいえ、こちらさまではございません」

伝兵衛はしれっと答えた。

話し好きの伝兵衛は民部という格好の相手ができたと、喜んでいるようだ。苛立ちを抑えながら伝兵衛の言葉を待つ。伝兵衛は目についた買取品についての履歴を語った後、

「ああ、ここです」

やっとのことで宝屋の饅頭を示した。

思わず民部は帳面を引っ手繰った。

「福山左衛門尉さま……勘定奉行の福山さまのお屋敷からなのか」

民部は顔を上げた。

「そうですが……」

ぽかんとしてから伝兵衛は話し始めた。

「福山さまは上得意でございましてな。宝屋の品ばかりか様々な品を買い取っておるのですよ。実はですな、安房の漁師さんが初鰹を届けるのですよ。それを手前どもが買い取らせて頂いております。初鰹は、それはもう高値で売れますよ」

「そなた、宝屋で侍に声をかけなかったのか。思い出してくれ」

民部が言うと、

「ああ、そう言えば……横峯とかいう侍に声をかけましたよ」

「なんだ、横峯さんを覚えておるではないか」

いささか批難めいた物言いをした。

すると、

「覚えていなかったのは手前の落ち度でございますが、決して他意があったのではございません。と言いますのは、手前、宝屋さんの前でお客を獲得しておるのです」

評判の菓子屋宝屋に群がる客にもっと安く宝屋の饅頭が買える、と持ち掛けるのだそうだ。

「決して褒められた商いではありませんが、これが案外、お客さまを獲得できるのでございますよ」

したたかな商人の顔を伝兵衛は窺わせた。

なるほど、宝屋の前で物欲しそうな顔をしている者を鴨と見なし、声をかけるのだ。

横峯もそうした一人であったのだろう。

「ああ、そうだった。御家人とおっしゃっていましたよ。ですから、手前はこう申してはなんですが、大変に生真面目なお方にお見受けしました。ですので、通常よりも破格のお値段でお売りしました。横峯さま、でしたな、横峯さまは大層感謝してくださいましたよ」

伝兵衛は言った。

「なるほどな」

民部は世の中には様々な商人がいるものだと感心した。

「福山さまには沢山の贈答品が贈られているのだろうな」

民部の問いかけに、

「それはもう……あ、その、なにも福山さまが賄賂を取り放題の悪徳勘定奉行だということではありませせぬぞ」

慌てて伝兵衛は説明を加えた。

「なにもそんなことは疑っておらぬが」

民部も認めたが、言葉足らずと思ったのか伝兵衛は続けた。

「福山さまは、贈られた贈答品を贈り主に返すのはその方の顔に泥を塗ることになる。よって、手前に払い下げその金額を勘定所に寄付しておられるのです。災害、飢饉への備えとして米を備蓄したり、お金を積み上げたりなさっておられるのです」

「それは見上げたお心がけですな」

民部は感心した。

「ご自分も農民であられたことから、農民の暮らしぶりが立つように、と心を砕いておられます。まこと、為政者の模範のようなお方でいらっしゃいますな」

笑みを浮かべ伝兵衛は福山を称賛した。

「まことにな」

民部は福山道信という男がよくわからなくなった。

第三章　広がる闇

一

十五日、船岡虎之介は槍の稽古のため、福山左衛門尉道信の屋敷にやって来た。

「船岡殿、よう来てくれた」

福山はやけに歓迎してくれる。道昌は虎之介が与えていた課題を披露した。

道昌は稽古槍の柄を両手で掴み、腰を落とすとすり足で進み、鋭い突きを繰り出す。

気合い、技共に合格点である。

「その調子だ」

虎之介は道昌の稽古熱心ぶりを褒め称えた。道昌は稽古熱心であった。

稽古の後、御殿の居間で、

「そなたも耳にしておろう。海猫の権兵衛一味という盗賊を」

福山に問われ、

「ありますな。火盗改が根城を探索中であるとか」

老中小枝出羽守康英から退治の内命を受けているのは伏せた。

「わしは海猫一味を退治してやろうと思っておるのだ。道昌も大いにやる気になっておる」

福山は息子を頼もしそうに見やった。道昌は胸を張り、自信の程を示した。

「ついては、そなたの手を借りたい」

福山の頼みを受け、

「そりゃ、構わぬが、福山殿が海猫一味を退治するというのは、公儀の命でござるか」

つまり、正式な役目か、と確かめた。

「御老中方にわしが願い出た」

躊躇いもなく福山は答えた。

意外な思いが湧き上がり、

「ほほう……」

と、福山の目を見据えてから、

「安房の半田村の村民が御老中小枝出羽守さまに駕籠訴に及んだ、と耳にした。半田村の村長宅で催された婚礼を盗賊一味が襲ったそうだ。海猫一味は駕籠訴の盗賊と関係があるのか」

と、惚けて問いかけた。

「まさしく、村長、半田勘太郎の屋敷を襲った盗賊とは海猫の権兵衛じゃ」

心持ち厳しい顔で福山は返した。

「じゃあ、海猫一味の捕縛は、駕籠訴を聞き届けた小枝さまの命令なのか」

虎之介は問いを重ねた。

「命じられるようお願いした」

微妙な言い回しを福山はした。

「なんだい、その奥歯に物が挟まったような物言いは」

虎之介は苦笑した。

「吉次郎が小枝さまに駕籠訴する前、親父の勘太郎はわしに海猫捕縛を頼んできたのだ。それが、行き違いが生じて吉次郎が小枝さまに直訴してしまった。勘太郎の願いを引き受けたからには、わしが捕縛する、と小枝さまに強く願い出たのだ」

福山の口調は熱を帯びた。

「行き違いってなんだ」

「わしは、火盗改が海猫一味の探索を行っておると耳にし、火盗改と一味捕縛について協議をした。むろん極秘での動きであった。極秘ゆえ、勘太郎に報せなかった。それが仇となったのかもしれぬ。勘太郎はわしが何もしていない、と受け止めたのかもしれぬ。吉次郎は海猫一味捕縛の動きを見せないわしを見限り、小枝さまに訴えたのだろう」

福山は顔に自嘲気味な笑みを貼り付かせた。

民部によると勘太郎は江戸に入ったきり、半田村に戻って来ない。吉次郎は福山への不審というより、勘太郎の身に何かが起きたに違いないという不安と海猫一味捕縛への強い思いから駕籠訴に及んだ。

福山は勘太郎が半田村に帰っていないのを知らないようだ。

教えようか……。

いや、やめておこう。福山の海猫一味捕縛がどれくらい本気なのか、そして一味の行方をどの程度摑んでいるのかを見極めたい。

「で、あんたが意地でも海猫一味を捕縛しようというのは特別な理由があるんじゃないのか」

改めて虎之介は問い質した。

「あるのだ」

小さくため息を吐き、福山は深刻な顔をした。

「なんだ」

つい、半身を乗り出した。

「海猫の権兵衛、初めて盗賊行為を働いたのは半田村、代官陣屋も半田村にあった。海猫一味は数軒の富農の家を襲い、金品を略奪、火を付けた。そればかりか、代官陣屋にも火を付けて逃走した」

その時の記憶が蘇ったのか福山は悔しそうに唇を噛んだ。

「そういう因縁か」

「忘れようもないな」

遠くを見るような目で福山は言った。

「その時は召し捕り損なったのか」

「情けないことにな……代官陣屋は半田村に移ったばかりだった。半年前までは半田村から五里程西の伊勢崎村にあったのだ。伊勢崎村は安房における天領の真ん中に位置しておる。よって、陣屋はあったのじゃが……」

半年前、伊勢崎村の代官陣屋は焼失してしまった。そこで、急遽半田村に陣屋が構えられた。富農の空屋敷を増改築した。半田村は海に近く、作事に必要な資材が船で運べるという利便性も考慮されたのだ。

「これは、言い訳だが、新造なったばかりの陣屋を丸焼けにしてはならぬ、と火消しに追われ、海猫一味捕縛に手が回らなかったのだ。そもそも、陣屋には侍も武具も少ない、三十人からの凶暴な賊を召し捕ることなどできないのだがな」

なるほど、無理からぬことだ。

代官陣屋では三十人の手下を率いる盗賊の捕縛などできはしない。その一年後、伊勢崎村の代官陣屋が復旧され、半田村の陣屋は出先機関としては残ったが、代官は伊勢崎村に移った。福山はそれを機に勘定所に戻ったのだった。

「わしにとって海猫の権兵衛は十年来の仇と言えるのじゃ」

感慨深そうに、そして因縁深そうに福山は言い添えた。

「なるほど、そういうことか。事情はわかったが、肝心の根城だ。海猫一味は何処にいるんだ」

虎之介は首を捻った。

ここで福山は道昌を見た。道昌はうなずき、

「お師匠さま、それがしと一緒に探索に行ってくだされ」

と、一礼した。

「なんだ、藪から棒に」

虎之介は返した。

「実はな、海猫一味の根城、火盗改から報せがきたのじゃが、信憑性がないのじゃ」

福山が割り込んだ。

「それでは、おれが調べてやろうか」

「それがな……」

福山は曖昧に言葉を濁した。

「なんだ、腹を割ってくれないと、海猫一味の探索も、ましてや捕縛にも力が入らんぞ」

虎之介の言葉を、「ごもっともだ」と福山は認めながらも、

「ともかく、道昌と一緒に探索に出向いてくれぬか」

福山は懇願した。

道昌も、「お願いします」と両手をついた。

「得心はゆかぬが、鑓働きができるのはありがたい」

虎之介は引き受けた。

「お師匠さま、よろしくお願い致します」

道昌は笑みを広げた。

「気楽にとは言わぬが、肩肘を張らぬことだ」

「わかりました」

「ならば、身支度があるゆえ、海猫一味の根城と疑われる現地で待ち合わせよう。何処だ」

虎之介が問いかけると、

「南小田原町一丁目の廃屋敷だ」

福山が答えた。

「南小田原町というと築地本願寺の裏手辺りだな。よし、承知した。暮れ六つに待ち合わせよう」

虎之介が返すと、

「大きな一本杉がある。そこで待ち合わせるのがよかろう」

福山は言い添えた。

暮れ六つ、虎之介は黒小袖に裁着け袴を身に着け、神君家康公下賜の十文字鑓を手に待ち合わせ場所の南小田原町一丁目にやって来た。腰には長寸の大刀を差している。

夕陽が一本杉の影を引かせている。道昌が木の前に立っていた。身に着けた紺の道着は真新しく、額には鉢金を施し、襷を掛け、長柄の鑓と腰には大小を差し、緊張の面持ちである。

南小田原町は海に近いとあって夏の夕刻らしく海風は生ぬるい。

崩れた冠木門から足を踏み入れる。

と、

「伏せろ！」

虎之介は道昌を突き飛ばした。予想外の事態に道昌はもんどり打って地べたに倒れる。道昌が立っていた辺りに槍が飛んで来た。

槍は道昌を外れ、冠木門の柱に突き刺さった。よく見ると槍とは形が違う。

矢尻が長い。柄は太く綱が付いていた。

「銛か……」

虎之介は呟いた。

海猫一味は安房の漁師だった。捕鯨もやっていたのかもしれない。

二

その頃、南町奉行所の同心詰所で民部は筆頭同心風間惣之助に横峯善次郎訪問を報告した。

「勘定組頭、小野木清之介殿殺しの疑いをかけられております御家人横峯善次郎、どうも濡れ衣のようです」

「ほほう、それは、いかなる根拠があってのことじゃ」

いつもの柔和な顔のまま風間は問いかけた。

「わたしが通います剣術道場、瀬尾全朴道場の師範代、船岡虎之介殿が御老中小枝出羽守さまから海猫一味捕縛の特命を受けたのです。それで、わたしは船岡殿に従い海猫一味捕縛の一環として謹慎中の横峯さんに面談できました」

民部の説明を受け、風間は納得した。

「すると、持参した饅頭に横峯は一切、手を加えていないのだな」

風間は念を押した。

「わたしは横峯さんの言葉に偽りはないと思います。横峯さんは、生真面目で要領の悪い、不器用な御仁です。もちろん、わたしの勝手な思い込みかもしれませぬが……それでは、甘いでしょうか。八丁堀同心として失格でしょうか」

切々と訴えるように民部は問いかけた。

「合格とは言わんが失格ではないな。八丁堀同心の資質には勘働きというものがある。接してみてその者の言動の真偽がなんとなくわかるようになる。そなたは、八丁堀同心として成長しておるぞ」

風間から温かい言葉をかけられ、民部は疲れを忘れた。

風間は続けた。

「清之介は甘い物には目がなかった。横峯はそのことを存じておって宝屋の饅頭を持参したのか」

「半田村の村長、半田勘太郎殿に饅頭が好物と聞いたそうです。そればかりか、宝屋の栗饅頭が評判だとも勧められたとか」

「ところが、宝屋で買うにはとても値が張っておったゆえ献残屋の往来屋から買ったというのだな」

風間は確かめた。

「そうです」

「すると、毒は献残屋が入れたのか。いや、そうではあるまい。献残屋が毒入りの饅頭を売るはずはないし、横峯が清之介への土産に宝屋の栗饅頭を持参するなど知るはずもないな」

「では、福山さまが……」

「往来屋は栗饅頭を勘定奉行の福山左衛門尉さまから買い取っています」

風間は怖気を震った。

次いで、

「しかし、そんな手の込んだ毒殺なんぞするものだろうか。それに、横峯が宝屋の栗饅頭を土産にするなど、思いつくものではないしな」

冷静になって風間は言い添えた。

「その通りです。その辺のところが、よくわからないのです」

民部も疑問を口にしたところで、

「大変です」

と、小者が駆け込んで来た。

った。

「どうした」

風間が問いかける。

小者は吉次郎たちのうちの一人が毒を飲んだ、と報せた。直ちに民部は仮牢へ向かった。

仮牢の中に入った。

三蔵がもがき苦しんでいる。吉次郎と宗太が心配そうに見守っていた。民部は小者に水を用意させ、三蔵を抱きかかえた。次いで、仰向けにさせて膝に乗せる。小者から水の入った椀を受け取ると三蔵の口を開けて少量ずつ流し込んだ。

続いて三蔵が水を飲み込むのを見届けると、人差し指を口の中に入れ、舌の付け根を押し、吐いた物が気管に入らないようにしてから顔を下に向けた。

やがて、三蔵は毒混じりの胃液を吐き出した。

民部は三蔵が吐き切るのを見届けてから膝から下ろし、左半身を下にして床に横たえた。更には気道を確保するため、下顎を前に突き出す。

「毒を吐いたからもう大丈夫だ。しばらく、このままの姿勢で眠らせておけば平癒する」

民部が語りかけると吉次郎と宗太は安堵のため息を漏らした。

「ありがとうございます」

吉次郎は何度も頭を下げた。

「差し入れの握り飯に毒が入っていたようだな」

民部が確かめると、

「半田村から来たという旅のお坊さまからの差し入れだったのです」

吉次郎は答えた。

差し入れを受け取った小者に民部は話を訊いた。小者によると半田村の遊行僧(ゆぎょうそう)だと称して握り飯を差し入れたそうだ。小者にすれば、疑う余地はなかった。

小者を責めるのは酷だ。

「村の者に命を奪われそうになったのか……」

吉次郎は疑心暗鬼に駆られた。

「まさか、村のために直訴に及んだそなたを殺す者など」

民部は異を唱えたが、

「いえ、直訴は言ってみればわしの私怨(しえん)です」

吉次郎はうなだれた。

「そうであっても、わざわざ江戸に出向いてまでして殺そうとするだろうか。そなたを恨む者に心当たりがあるのか」

民部の問いかけに、

「恨まれる覚えはありませんが、人は思いもかけないところで恨みを買うものです。それに、わしは村長の倅、村の者の中には妬んでおる者もおります。婚礼が華やかだったから海猫一味に襲われたんだって、悪口を叩く者もいると、耳にしました」

吉次郎はうなだれ、両手で頭を抱えた。

民部はどう声をかけていいのか、わからなくなった。

すると、またしても小者が駆け込んで来て手紙を持参した。

「おふくろさんからだ」

民部は励ますように吉次郎へ渡した。吉次郎は息せき切って文を開封し、目を走らせた。

すぐに文を置き、

「親父、まだ戻っていない……そうです」

と、民部に告げた。

民部も文を読んだ。老中に直訴した吉次郎の無事に安堵するのと共に勘太郎が一向に帰らない、と心配する文章が綴られていた。

「もう二十日になります」

吉次郎は言った。

「江戸見物をしたとしても長いな」

民部が言った。

「親父は……親父は、こ、殺されたんじゃないでしょうか」

声を震わせ、吉次郎は推測した。

「そんなことはない」

強く否定したものの、根拠があるわけではない。

「そうですね」

吉次郎は自分に言い聞かせるように呟いた。

しかし、心配は去らない。

「よし、探す」

民部は勘太郎の人相書きを作成することにした。

「ちょっと、待ってくれ」

とりあえず仮牢を出た。

風間に三蔵の命は取り留めたこと、半田村から来た遊行僧を名乗る者から差し入れられた握り飯に毒が混入されていたことを報告した。

そのうえで勘太郎が戻っていない、とも話した。

「それで、勘太郎を探すべく人相書を作成して頂けませぬか」

民部が頼むと、

「よかろう」

快く風間は引き受け、

「それにしても、不穏な事態になったもんじゃな」

と、嘆いた。

「思いの外に深い闇に覆われているのかもしれません」

「まったくだ」

ぶつぶつ呟きながら風間は例繰方(れいくりかた)へ向かった。

例繰方に人相書を作成してもらい、民部は勘太郎を探すと吉次郎に約束をした。勘太郎は面長(おもなが)、細い目と鷲鼻(わしばな)、それに右の耳朶(じだ)の裏に黒子(ほくろ)があるのが特徴だ。身の丈は五尺三寸、中肉の体形であった。

明日からこれを自身番に届け、自分も懐中に忍ばせて市中を探し出そうという強い決意をしたものの、この世の者ではない、という気が邪魔をする。

風間は江戸ばかりか半田村までの宿場にも人相書を手配する、と約束してくれた。ともかく、人事を尽くさなければならない。

「何から何まで、ありがとうごぜえます」

吉次郎は何度も頭を下げた。

「礼などよい。それよりも、見つけ出せることを願っていろ」

民部は励ました。

次いで、

「御老中、小枝出羽守さまからの沙汰待ちというのは辛いな」

民部は同情した。

「駕籠訴したんですから、死罪は覚悟しています」

吉次郎は両目を見開いた。

その言葉通りの覚悟で小枝に直訴に及んだのであろうが、仮牢で過ごすうちに生への執着心が湧き上がったのではないだろうか。

ここで三蔵が目を覚まし、半身を起こした。

「おい、無理をするな。寝ておればよい」

民部が労わりの言葉をかけたが、

「黙っていましたが、お耳に入れたいことがごぜえます」

三蔵は布団を出て正座をした。

吉次郎と宗太は意外だったようで顔を見合わせた。

「わかった。聞こう」

民部は受け入れた。

「若旦那さまに駕籠訴を勧めたのは、おらなんです……」

三蔵の言葉に吉次郎は訝しみながらもうなずいた。民部は話の先を促す。

「どうしてお勧めしたかと言いますと、小枝さまなら訴えをお聞き届けくださる、と旅のお坊さまに教わったからなんです」

三蔵の話を受け、

「お坊さまって誰だ」

宗太が問い直した。

「遊行僧の一念さまだ」

三蔵は答えた。

吉次郎が一念について説明した。

江戸と安房を行き来する遊行僧で、半田村には年に二度訪れ、子供たちと一緒に遊んだり、村人には江戸の話を聞かせてくれるそうだ。

その一念が小枝出羽守康英は民の声を聞き届けてくださる情け深い御老中さまだから、訴えてはどうか、と勧めてくれたのだった。

「ほんでも、おら、一念さまに……殺されかけたんじゃないかって」

三蔵は怖気を震った。

「握り飯を差し入れた安房の半田村から来た僧とは一念だった、と考えるのだな」

民部が確かめると、三蔵は首を縦に振った。

「一念はただの坊主ではないのかもな」

民部が言うと、

「海猫一味は行商人や旅芸人に成りすまして狙いをつけた村や宿場を探る、と耳にしたことがあります。一念さまは海猫一味なのではないでしょうか」

吉次郎が考えを述べ立てた。

「いかにも、ありそうだな」

民部も賛同した。

すると、またも小者が文を届けた。

民部に宛てたもので差出人は船岡虎之介であった。

文には大至急、南小田原町の廃屋敷まで来るように、とあった。亡骸が見つかったそうだ。

南小田原町までなら四半時程で駆け付けられる。

三

民部はおっとり刀で南小田原町一丁目までやって来た。

汗まみれとなり、鬱蒼(うっそう)と茂る荒れ地に歩を進める。すると、

「民部、こっちだ」

虎之介の声が聞こえた。

声の方へ民部は足を進めた。虎之介の屈強な体が夕闇に浮かんだ。

虎之介は民部を見ると顎をしゃくった。次いで、奥へと進む。そこには壊れた冠木門があり、その門の前で一人の若侍がいる。

紺の道着を着込み、額に鉢金を施し、襷を掛け、鑓を手にしていた。虎之介が勘定奉行福山左衛門尉道信の一子で道昌だと紹介した。

「南町の香取です」

民部は自己紹介した。

道昌は首を縦に振るだけで言葉を発しない。町奉行所の同心を不浄役人だと見下していると思いきや、夏の夕刻だというのに身体が小刻みに震え、顔色が蒼く、恐怖に駆られているようだ。

虎之介は冠木門を潜った。

雑草に足を取られながら奥に進むと樫の木があった。木の幹から人の両手がはみ出している。

民部は虎之介と顔を見合わせた。

「見てみな」

虎之介に言われ、民部は樫の木の裏側に回った。

「ああっ」

思わず、悲鳴を上げそうになり、慌てて手で口を覆った。

幹に男が鑓のようなもので縫い付けられていた。突き立っているのに民部は視線を凝らした。

「これは……」

民部が呟くと、

「銛だ」

虎之介が言った。

「銛……鯨を捕るのに使う銛ですね」

言ってから当たり前のことを訊いてしまった、と恥ずかしくなった。

「そういうことだな。尋常ではない凶器だ。おれたちも銛で襲われたよ」

「この者を殺した連中ですか」

「何人かいたな」

「どういう者たちですか」

「盗賊……海猫の権兵衛一味だ」

「ま、まことですか」

民部は問いかけてから、疑っているわけではない、と言い添えた。

「火盗改からの情報でな、道昌殿と信憑性を確かめにやって来た次第だ」

虎之介の説明を聞いてから、

「この者は……」

と、殺された男を見た。

「おれたちが踏み込んだ時には既に殺されていた」

虎之介の言葉を受け、民部は亡骸を検(あらた)めた。

身体は硬直し、夏のせいで首筋は生温かい。

「殺されて、二、三日は経っていますね」

民部は診立てた。

「形(なり)からして武士ではない。商人か……」

虎之介が推測すると、民部は男の手を取って観察をした。

「商人の手ではないですね。ごつごつとして逞しい、それに爪の先が黒い。土に親しんでいるようです」

「農民か。それにしては、上等な着物じゃないか。もっとも、農民だって年がら年中、野良着姿ってわけじゃないだろうがな。着飾って江戸見物にでも来たのか」

虎之介は判断ができない、と小さく息を吐いた。民部は顔をしげしげと見た。うなだれていた顔を持ち上げた。両目は閉じられているが鷲鼻が目についた。

「ひょっとして」

と、呟くと懐中から勘太郎の人相書を取り出し亡骸と見比べた。次いで、右の耳朶の裏を確かめる。黒子があった。

「半田村の村長、半田勘太郎殿です」

込み上がる感情をぐっと堪えて民部は告げた。勘太郎は海猫一味に囚われの身となっていたのだ。

「直訴した息子の父親、御家人横峯善次郎と共に勘定奉行福山左衛門尉を訪ねた男だな」

虎之介も亡骸を見直した。

「半田村に帰っておらず、行方を探そうとしていたところなんですよ」

吉次郎の悲しみにくれる姿が思い浮かぶ。

「気の毒にな」

虎之介は唇を噛んだ。

「ともかく、亡骸を奉行所まで運びます」

民部は奉行所へ戻ろうとしたが、

「あそこに大八車がある。あれで運ぶとしよう」

虎之介が言うと、

「わかりました」

と、民部が大八車を引っ張って来た。その後、民部は両手を添えて銛を引き抜こうとした。しかし、ぴくりとも動かない。銛を投げた男は相当に力自慢のようだ。

「退いた、退いた」

虎之介は民部に代わって銛に手をかけた。

しかし、両手ではなく右手だけだ。

「そら」

勢いをつけて右手を引く。

銛は引き抜かれ、勘太郎の亡骸は幹を伝ってずり落ちた。

虎之介は銛を捨て、勘太郎の上半身を持ち上げる。民部が足を持って大八車に乗せた。

ここで改めて民部と虎之介は両手を合わせ、勘太郎の冥福を祈った。

そこへ、道昌がやって来た。

「この男と御家人が父上殿を訪問したんだぞ」

虎之介が語りかけると、

「えっ、そうですか」

眉間に皺を刻み、道昌は首を捻った。

「どうした」

虎之介が確かめると、

「いや、気のせいかもしれません」

道昌は否定した。

「なんだ、どうした。思っていることをはっきり言え」

虎之介が促すと、

「それがし、面と向かって横峯殿や勘太郎と会ったわけではございませぬが、この仏が勘太郎だったとは……」

道昌はおかしい、と呟いた。

「なんだ、勘太郎ではないと申すのか」

虎之介が語りかけると、

「いえ、そういうわけではございませぬが……」

曖昧に道昌は口ごもった。

「どうした」

虎之介が苛立って責めるような口調となった。威圧され、道昌は及び腰となったため代わって民部が問いかける。

「御屋敷で勘太郎殿の顔を見たのですか」

柔らかな表情で問いかけると、

「顔は見ませんでした。背格好が違うというか、もっと背が高くてがっしりとした身体つきだったような」

そんな気がする、と道昌は答えた。

「そうですか……」

民部はしげしげと勘太郎の亡骸を見た。虎之介が、

「ともかく、奉行所に運ぶ。吉次郎に面通しさせればよい」

虎之介に促され、

「わかりました。運びましょう」

民部は応じた。

「お師匠、それがし、余計なことを言ってしまったようで」

道昌は深々とお辞儀をした。

「いや、構わんさ。それより、そなた、屋敷に戻り福山殿に報告せよ。それで、火盗改に海猫一味の後を追ってもらうのだ」

虎之介に言われ、

「わかりました」

道昌は急ぎ、屋敷に戻っていった。

ここで民部は小枝出羽守康英に駕籠訴をした半田村の村民、吉次郎たちが毒を盛られた一件を伝えた。

「毒入りの握り飯を差し入れたであろう一念と申す遊行僧が、小枝さまへの駕籠訴をけしかけたんだな。駕籠訴をやらせておいて毒殺しようとした……おそらくは口封じだろう」

虎之介の推量を受け、

「吉次郎によると海猫一味は行商人や旅芸人に扮して狙いを付けた村や宿場を探っていたそうです。一念も海猫一味という可能性があります。もっとも、海猫一味がどうして吉次郎たちに駕籠訴させたのかわかりませぬが」

民部も自分の考えを述べ立てた。

「ともかく、亡骸を奉行所に運ぼう」

虎之介は大八車を引っ張った。

民部は背後から押す。

四

奉行所の同心詰所に勘太郎の亡骸を運び込んだ。風間が待っていた。虎之介に紹介をした。

風間は丁寧に挨拶をした。

「堅苦しい挨拶は抜きだ。それより、吉次郎を」

虎之介が言うと、風間は民部を促した。

民部は仮牢に向かった。

程なくして民部が吉次郎を伴って戻って来た。

変わり果てた父親を見て、

「海猫の権兵衛め」

吉次郎は怒りと悲しみを交差させ、握り締めた拳をぶるぶると震わせ、声を放って泣き出した。

泣き崩れた後に、

「親父は海猫一味に捕まっていたんですね」

吉次郎は消え入るような声になった。勘太郎の苦境を思い、何もできなかった自分を責めているようだ。

「そういうことだろう」

虎之介が言った。

「許せない、お役人さま、早く海猫の権兵衛一味をお縄にしてください」

吉次郎は腹から絞り出すようにして訴えた。

「船岡さまは海猫一味捕縛の任を担っておられる。今回も根城を突き止められたのだ」

民部の言葉を受け、

「取り逃がしたのだから、自慢にはならぬ」

虎之介は吐き捨てた。

「お願い致します」

吉次郎は虎之介に懇願した。

「ああ、任せておけ」

虎之介は胸を張った。

奉行所を出ると、

「もう一度、横峯を訪ねるぞ」

虎之介は民部に声をかけた。

「何故ですか」

民部が確かめると、

「福山道昌の話が引っかかる」

「勘太郎殿ではない、ということですか。ですが、息子の吉次郎が勘太郎殿だと見定めたのですよ。これ以上、確かなことはない、と存じますが」

民部が言うと、

「だから、横峯と一緒に福山屋敷を訪れたのは何者だということだ」

「なるほど、そっちが偽者ということですか。横峯さんに勘太郎殿の人相書を見せましょう」

民部も納得した。

明くる朝、民部と虎之介は横峯善次郎の屋敷にやって来た。今度は番士も留め立てはしなかった。

母屋の奥座敷で横峯と面談に及んだ。

横峯は疲労しているが、希望を捨てていないのは目の輝きが保たれていることから判断できる。

「横峯さん、まず、この人相書を御覧ください」

民部は人相書を横峯の前に置いた。

前以てこれが勘太郎だとは言わないことで横峯に先入感を持たせないようにとの配慮である。従って素性と名前は墨で塗り潰し、似面絵と背格好は記してある。

首を捻りながら横峯は人相書を手に取り、しばらく見ていた。

その後、

「いえ、存じません」

と、人相書を民部に返した。民部は虎之介と顔を見合わせた後、

「半田村の村長、半田勘太郎殿なのですよ」

民部は答えた。

「ええっ……そんな……拙者は勘太郎殿と福山さまを訪れました。しかし、この人物とは違いますぞ」

戸惑いながらも横峯はきっぱりと証言した。

民部が、

「おそらくは、偽者の勘太郎殿でしょう」

「そんな……ですが、勘定組頭の小野木清之介殿の屋敷から出て来られたのですよ」

納得がいかないように横峯は返した。

「門前払いされたと言っていたのですよね」

民部が確かめると、

「そうでしたが」

記憶の糸を手繰るように横峯は斜め上を見上げた。

「屋敷から出て来たふりをして、横峯さんに近づいたのではないですか」

民部の推測を受け、

「そんな……」

信じられないように横峯は首を左右に振った。

「その可能性は十分にありますよ」

つい、むきになって民部は言い張った。

「一体、何のために……」

横峯は首を傾げた。

「横峯さんに小野木殿殺害をなすりつけるためでしょう」

続く民部の推測に、

「では、一体偽の勘太郎殿は何者ですか」

途方に暮れたように民部は息を吐いた。

「海猫の権兵衛もしくは配下の者だろうな」

今度は虎之介が推測をした。

横峯の顔が引き攣った。

「横峯さん、偽の勘太郎殿を捕えます。さすれば、横峯さんの濡れ衣は晴れますよ。偽の勘太郎は海猫の権兵衛かその手下に違いありません」

民部は決意を示すと、

「ありがとうございます」

横峯は声を震わせた。

「では」

と、民部は虎之介を見た。

「人相書の作成だな。よし、南町の例繰方をここに呼ぼう」

虎之介が言うと、

「よろしいのですか。拙者は謹慎の身なのですが」

横峯は心配した。

民部が、

「申しましたでしょう。船岡虎之介殿は海猫の権兵衛一味捕縛の役目を御老中小枝出羽守さまから任されておるのですぞ」

と、励ました。

「そうでしたね」

横峯は笑みをこぼした。

悲愴な顔にほんのわずかだが、希望の光が差したようだ。

民部は風間の許可を得て、再び小野木清之介の屋敷を訪れた。

母屋の居間で清之介の未亡人結衣と面談に及ぶ。

「御主人に毒を盛った者、御家人の横峯善次郎ではありません」

民部はきっぱりと告げた。

「そうですか……そうでしょうね」

結衣は疑うというよりも納得の様子であった。

「横峯さまは、お暮らしぶりが恵まれておられないようで、そんなご様子でしたが、礼儀を失していたわけではありませぬ。むしろ、誠実さがにじみ出ていたのです。ですから、人殺しとは無縁のお方だと思っておりました。ですが、持参なさった栗饅頭に毒が入っていたのは確かですよね」

結衣は疑問を呈した。

「ごもっともな疑問です。それにつきましてなんですが、横峯さんが訪れた前後に半田村の村長、半田勘太郎殿がこちらにやって来ましたか」

民部の問いかけに結衣は困惑の表情を浮かべ、

「いいえ……」

答えてからそれがどうした、というような顔をした。

「やはり……」

民部は呟いてから、

「偽の勘太郎はこちらの御屋敷で門前払いに遭った、と言って横峯さんに近づいたのです」

「まあ……」

結衣は恐い、と言った。

「それで、この男なんですが」

横峯から聞いた情報に基づいた偽勘太郎の人相書を見せた。

長身で細長い顔である。

結衣はそれを一瞥して、

「あら、仁平さんですよ」

と、言った。

「仁平さん……ご存じなのですか」

驚きを抑えて民部は問いかけた。結衣はうなずき、

「出入りしてくれている薬の行商人さんです」

結衣は言った。

「長いのですか」

「今年のお正月からですから半年程でしょうか」

「小野木殿もご存じだったんですね」

「ええ」

短く結衣は答えた。

「横峯殿が訪ねた日も薬の行商にやって来たのですか」

「そうです」

「お内儀が相手をなさったのですか」

「わたくしが薬を受け取りました」

「仁平は何処からやって来るのですか」

「江戸市中です。神田司町に住まいがある、と申しておりました」

結衣の答えを聞き、仁平は勘太郎を騙るため、薬の入った風呂敷は何処かに隠し、身形を整えたのだろうと民部は推察した。横峯は偽の勘太郎が黒紋付を着ていた、と言っていた。黒紋付は風呂敷包みに入れていたのだろう。

とすると、仁平は横峯が小野木屋敷に抗議に来るのを知っていたのだろうか。

「薬以外の仁平とのやり取りで何か気にかかる点はありませんでしたか」

民部の問いかけに結衣は小首を傾げたが、

「特には……ただ、このところ、筆算吟味にまつわる悪い噂を聞き付けた御家人方の来訪が続き、主人が困っている、と愚痴を言った覚えはあります」

と、答えた。

そうか、仁平は抗議に来る御家人に近づこうと目論んでいたのだ。小野木が横峯を門前払いにした訳は、訪問の約束を取らず、身形もひどかったことに加え、たび重なる御家人の来訪にうんざりしていたのだろう。

民部は問いかけを続けた。

「何故、仁平は出入りしているのですか」

「仁平さんは大変に安価に薬種を売ってくれるのです」

結衣は言った。

「ほう、たとえば」

「お正月、主人は高熱が出まして、何日も熱が下がらず、身体が弱っていたのです。それで、高麗人参（こうらいにんじん）を安く売ってくれて」

それまで仁平は何度か顔を出していたが、出入りしている薬種問屋の手代がいたため、断っていた。それがきっかけとなって仁平から薬を買うようになったそうだ。

「そんなにも安価で買えるのはどうしてなのですか」

当然の疑問を問いかけた。

「詳しくは教えてくれませんでしたが、なんだか聞くのが憚られるような。ただ、新潟湊（にいがたみなと）まで仕入れに行くそうです」

結衣は言った。

「新潟湊……」

何故、仁平は新潟湊にまで足を運んで高麗人参を買い付けたのだろう。嘘を言っているのか。嘘としても薬種問屋で買うよりも安く売ったのは間違いない。いずれにしても、仁平は行商人を装っているのだろう。

奉行所に戻り、風間に一連の流れを報告した。

「すると、仁平と名乗る薬の行商人が清之介を殺したのだな」

風間は言った。

「そうだと思います」

民部は答えてから、

「ところで、仁平は新潟湊まで高麗人参を買い付けに行っているそうなんですが、新潟湊ではそんなにも安く高麗人参が手に入るのでしょうか」

民部は疑問を風間に呈した。

言葉足らずと思ったのか、

「わたしは長崎に留学しておりましたので唐渡（からわたり）の高価な薬種に関しまして話を聞きました。薬種は長崎の交易会所（こうえきかいしょ）に納められ、交易会所から大坂の道修町（どしょうまち）に軒を連ねる薬種問屋に送られます。その後、大坂の薬種問屋から全国の薬種問屋に販売されるそうです。ですから、江戸の薬種問屋で扱う高麗人参の値は大層張ります。ところが、新潟湊では安く仕入れられるそうなのです。何かからくりでもあるのでしょうか」

民部が問いかけると風間は苦笑混じりに答えてくれた。

「薩摩船だ」

「薩摩藩、島津家が関係するのでしょうか」

風間はうなずくと説明を加えた。

薩摩藩は支配下にある琉球が清国に朝貢しているのをいいことに、清国の高級薬種を大量に仕入れることができる。薩摩藩では仕入れた高級薬種を船に積み、新潟湊まで売りに行くのだ。

新潟湊で薩摩藩は薬種を売りさばくが、薩摩船にもたらされる高麗人参は安価であった。そのため、江戸ばかりか大坂からも買い付けに来る薬種問屋、薬の行商人が珍しくはないのだとか。

「それは抜け荷ではありませぬか」

若干の驚きをもって問いかけた。

「公然の秘密じゃ」

面白くなさそうに風間は言い添えた。

将軍徳川家斉（いえなり）の正室近衛寔子（このえただこ）は薩摩藩島津家が実家である。島津家から五摂家の近衛家の養女となってから家斉に輿入れ（こしい）をしたのである。

従って幕閣は薩摩藩に遠慮があり、表立っては咎めない。但し、抜け荷の上限を設定してその範囲内で行うよう内々に伝えている。

「世の中、何事にも裏があるのじゃ」

達観（たつかん）したように風間は言った。

疑問を抱いたがそれを言い立てることなく、

「では、仁平は本物の行商人ということでしょうか」

と、問いかけた。

「そうは決められんな。仁平が住まいだと言っておった神田司町界隈で聞き込みをする必要がある。加えて日本橋（にほんばし）の本町（ほんちょう）にある薬種問屋に聞き込みをするんだ」

風間は言った。

日本橋本町は大坂における道修町のように薬種問屋が軒を連ねているのだ。薬の行商人であるからには、何処かの薬種問屋に出入りしているはずだ。

目標が明確になり、民部は俄然やる気になった。

八丁堀の組屋敷に戻った。

仏間に入り、仏壇の父と兄の位牌に両手を合わせたところで母の佳乃が夕餉の支度ができたと告げた。

羽織を脱ぎ、居間に入ると、

「お役目、ご苦労さまです」

佳乃は丁寧に頭を下げる。

民部も挨拶を返した。

「暑い日が続きますね。水中(あた)りはしませんか」

佳乃は気遣ってくれた。

箱膳には豆腐の味噌汁に茄子(なす)の煮付、沢庵(たくあん)が並んでいた。食欲が減退していたが味噌汁を啜ると、空腹を感じた。茄子は嚙み締めると甘味が口中に広がり、食が進んだ。

食事の間中、佳乃が給仕をしてくれる。何度も給仕の必要はない、と断っているのだが、民部の身を案じているのか、八丁堀同心の妻女としての責任を感じているのか、やめようとはしない。

いつしか、それが日常となり、昨今では民部も自然と給仕を受けている。

食事を終えると、

「民部殿、そろそろ身を固める気にはなりませぬか」

佳乃は言った。

藪から棒な問いかけだが、母親としては当然の思いだろう。

「いいえ、まだ、わたしは見習いの身です。半玉で一家を構えるわけにはまいりませぬ」

本音である。

「ですが、所帯を持って一人前とも考えられますよ」

佳乃はたしなめるように返した。

「はあ……」

民部は曖昧に口ごもった。

「気が進みませぬか」

佳乃は諦めきれないようだ。

「正直申しまして、今はそんな気がしませぬ」

頭(こうべ)を垂れ、民部は申し訳なさそうに返した。

「謝ることはないのですよ。どうしてもとは勧めませぬ」

佳乃は言った。

ふと、

「どうしたのです。急に嫁取りの話など……」

民部が訝しむと、

「聡子殿から縁談を持ち込まれたのです」

佳乃は言った。

聡子殿とは亡き兄兵部の妻、つまり義姉である。

「姉上が……」

意外な思いがした。

「聡子殿もそなたを気遣ってくれているのですよ」

「そうですか」

ありがたい反面何やら寂しい心持ちとなってしまった。一つ年上の義姉は賢くて清楚だ。兵部を亡くして実家に戻り、周囲から再婚を勧められている。聡子の良妻ぶりは八丁堀界隈では有名で嫁に欲しい、という同心の家が珍しくはないのである。

しかし、聡子は首を縦に振らない。見習いとして出仕して間もなく、民部は聡子を訪ねた。見習いとして南町奉行所に出仕したと挨拶をした後、兵部への義理立てをする必要はない、と民部も再婚を勧めた。

聡子は義理ではなく兵部への愛おしい想いが絶ち切れないから再婚する気にはならない、と言った。凛とした聡子の表情が強く印象に残った。

その聡子が民部に縁談を持ってきたのだ。

「姉上のお知り合いでしょうか」

「そのようですが、素性を確かめてはそなたも断れませぬから、敢えて訊かずにおります」

佳乃は言った。

「おっしゃる通りです」

興味はあるが、やはり気が進まない。

「無理強いはしませぬ。しかし、そなたもそろそろ身を固めることを考えないといけませぬよ」

表情を柔らかにして佳乃は頼んだ。

「はい、早く嫁を迎えられるよう、役目に励みます」

民部は無難な答えをした。

五

二十日になり、民部から仁平のことを聞いた虎之介は福山左衛門尉の屋敷を訪ねた。

御殿の奥座敷で福山と面談に及んだ。

「海猫の権兵衛一味の根城、まんまと逃げられたようだな」

福山は批難の口調で言った。

「道昌殿の奮闘も及ばなかった、ということだ」

虎之介は言い返した。

福山は渋い顔になってから、

「ところで、半田村の村長、勘太郎が海猫一味に殺されたそうじゃな」

「そうだ……」

虎之介はニヤリとした。

虎之介の表情に福山は微妙な表情となった。

「いかがした」

福山の問いかけに、

「あんた、勘太郎と御家人横峯善次郎に会ったんだろう」

「ああ、会ったぞ」

「だが、それは偽の勘太郎だったのだ」

「道昌もそんなことを申しておったな」

福山は惚けたような顔つきになった。

「偽の勘太郎だと気付かなかったのか」

責めるような口調で虎之介は問いかけた。

「迂闊(うかつ)にもな。何しろ、勘太郎と会ったのは十年ぶりのことだったからな」

「十年ぶりでも、勘太郎は幼子であったわけじゃないんだ。急に老けたわけでもあるまいし」

「そうは申すが、安房国の天領の村長は勘太郎一人ではない。正確に覚えてはおらなかったのだ。領内は広い。村も十や二十ではないのだ」

当然のように福山は返した。

「そりゃ、普通に領内を巡見して村長たちと通り一遍のやり取りを交わしただけなら、覚えていなくても仕方がないが、勘太郎とは海猫一味の一件があり、特別にやり取りをしたのではないのか」

虎之介が指摘すると、

「あの時だって勘太郎一人と協議をしたのではない。半田村の村人、大勢から訴えを受けたのだ」

「それにしたって勘太郎は村長なんだぞ。一番深く関わったんじゃないのか」

「それは……」

福山が言い淀むと、

「おまけにあんたは筆算吟味を合格した能吏だ。おつむがよろしいのが自慢じゃないのかい。覚えていなくはないだろう」

虎之介は迫った。

「船岡、もし、わしが偽の勘太郎だとわかっておったとしたら何とする」

福山は余裕を示すように笑みを浮かべた。

「偽の勘太郎は薬の行商人だそうだ。薬の行商人だということも怪しいもんだがな。加えて海猫一味は行商人や旅芸人に扮して狙いを付けた村や宿場を探るそうだ。つまり、偽の勘太郎は海猫の権兵衛一味なんじゃないのか」

「そなたの推測通りとすると、わしが海猫一味と繋がりがある、と申すのか」

笑みを引っ込め福山は目を凝らした。

「そう、考えざるを得ないじゃないか」

平然と虎之介は認めた。

「そなた、御老中小枝出羽守さまから海猫一味捕縛を任されたそうだな」

探るような目で福山は問うてきた。

福山は小枝と対立している。虎之介が小枝の手先となったと思い、警戒しているのだ。

「ああ、任されたぞ。それがどうした」

虎之介が返すと、福山は居間から出て濡れ縁に立った。虎之介も居間を出て福山の隣に立つ。

「ならば、よい所に来たな」

思わせぶりな物言いで福山は言った。

「なんだ、気を持たせるではないか」

虎之介が福山に向き直ると、

「勘太郎を呼んでおる」

意外なことを福山は言った。

「偽の勘太郎をか……どうやって連絡をしたのだ」

「御家人、横峯善次郎と一緒にやって来た際、二十日にもう一度来い、と耳打ちをしたのだ」

「どうして呼びつけた」

「偽の勘太郎こそが海猫の権兵衛だからだ」

福山は静かに言った。

「ほう……どうしてわかったのだ」

「十年前、海猫の権兵衛が半田村の代官陣屋に火をかけた時、炎に浮かぶ権兵衛の顔を見た。権兵衛が偽の勘太郎としてやって来た時、すぐには気付かなかったが言葉を交わし、篝火に浮かんだ奴の顔を見た瞬間、十年前の記憶が蘇ったのだ。だが、十年前のことゆえ確信が持てなかった。それで、再訪するよう求めたのだ。今宵、偽の勘太郎が海猫の権兵衛だと明らかにし、召し捕る。船岡殿、手助けを頼む」

福山は一礼した。

「ほう……思いもかけぬ成行になったものだ。承知した。喜んで助太刀(すけだち)致す」

快く虎之介は受け入れた。

「偽の勘太郎の仮面を引っぺがし、海猫一味の背後におる者の正体を……」

福山がここまで語ったところで人影が庭から現れた。虎之介が身構える間もなく、闇から銛が飛んできた。

銛は障子を破壊した。福山は茫然と立ち尽くした。

「伏せろ！」

虎之介が叫んだが、二本目が飛来し、

「うう……」

福山は呻き声を漏らした。福山の背中から銛の先が突き出ている。今度は鉄砲の弾が飛んできた。

「何事じゃ」

道昌がおっとり刀でやって来た。複数の家臣を引き連れている。虎之介は庭に飛び出した。木陰から黒覆面に黒装束を身に着けた三十人ばかりの賊が湧いて出るように現れた。

道昌に、

「お父上を！」

と、叫び立ててから賊徒(ぞくと)に向かった。

腰の大刀を抜き、敵に対する。

「海猫の権兵衛はいるか」

大刀を振りかざし、群がる賊に問いかける。

「おれだ」

真ん中の一人が答えた。

間髪入れず、虎之介は駆け寄り、大刀を横に払った。黒覆面は真っ二つに切り裂かれる。福山の見込み通り、偽の勘太郎である。

「貴様、半田村の村長勘太郎と、薬の行商人仁平を騙っているな」

虎之介が問いかけると、

「そうだ」

権兵衛は開き直ったのか、悪びれもせずに認めた。

すると、海猫一味の一人が鎌付きの鎖を投げてきた。虎之介の大刀に絡み、強い力で引っ張られる。

虎之介は力を込めて引っ張り返す。敵はひっくり返った。そのまま虎之介は鎖が絡まった大刀を引っ張った。敵は地べたを引きずられる。

そこへ、矢が飛来した。

鎖鎌を持った敵は意地があるのか、鎌を離そうとしない。虎之介は大刀を離し、鎖を両手で持つとぐるぐると振り回した。

凄まじい虎之介の腕力に敵の身体が浮き上がり、やがて独楽のように勢いよく回転し始めた。

海猫一味は驚き、虎之介に近づけない。風を切るようにして鎖鎌の敵はぐるぐると回っている。迫って来た二人が跳ね飛ばされた。

すっかり気圧された一味は屋敷を立ち去った。

「お師匠！」

道昌の悲痛な声が聞こえた。

慌てて虎之介は濡れ縁に戻った。福山は息絶えていた。

「おのれ、海猫の権兵衛め」

道昌は憤怒の形相で夜空を見上げた。

虎之介は真実を語るべきかどうかを躊躇った。

「何故、権兵衛は父を……そうか、捕縛されると知り、先手を打ってきたのか……それがしも油断しておりました」

怒りと悔いを滲ませ、道昌は声を振り絞った。

虎之介が黙っていると、

「お師匠、何か不審な点がございますか」

道昌は問いかけてきた。

「先日、御家人横峯善次郎と一緒に訪れた半田村の村長、勘太郎を騙った男、今しがた現れた海猫の権兵衛であった」

虎之介が教えると、

「おのれ、あいつが権兵衛だったのか……権兵衛の奴、勘太郎に成りすまして父に近づいたのですね。父を探るためですか」

道昌は疑問を呈した。

「道昌、心して聞け」

虎之介が言うと、

「はい」

厳粛な表情となり、道昌は居住まいを正した。

「実は、海猫一味に襲撃される直前、おれは福山殿から偽の勘太郎が海猫の権兵衛だと聞いた。福山殿は権兵衛をおびき出したのだ。ところが、権兵衛は福山殿の意図を察知し、手下を引き連れて襲撃して来た。福山殿はこうも申された。海猫一味の背後におる者を暴き立てる、とな」

虎之介の話に、

「海猫一味の背後に控える者……黒幕ですか」

道昌の目が戸惑いで揺れる。

虎之介は続けた。

「黒幕がおるとは穏やかではないな」

「それがし、海猫一味はもちろん、黒幕も許せませぬ。必ず父の仇を討ちます！」

道昌は語調を荒らげた。

「よし、いいだろう。そなたは福山殿の死を小枝さまに報せるのだな。海猫の権兵衛一味襲撃のこともな。小枝さまは現職の勘定奉行が盗賊一味に襲われて命を落としたのを表沙汰にはするまい。公儀の体面があるからな」

虎之介の考えを受け、

「お師匠の考えに従います。お師匠は小枝さまから海猫一味捕縛の命を受けておられますな。それがしを助太刀として加えてください」

決意を込めて道昌は頼んだ。

「わかった。小枝さまに掛け合う。任せておけ」

虎之介は受け入れた。

道昌にすれば権兵衛と手下を捕縛することが父の仇討ちである。

問題は黒幕だ。

「お師匠、それがし、鬼となりますぞ」

道昌の表情は文字通り鬼の形相となっていた。

「ああ、鬼になれ」

煽(あお)るつもりはないが、虎之介は勧めた。

すると、福山家の家臣がやって来て書斎が荒らされている、と告げた。虎之介は道昌と共に書斎に向かって駆け出した。

御殿奥にある福山の書斎に足を踏み入れると書棚が荒らされている。書物や文書が散乱していた。

海猫一味の仕業に違いない。虎之介は道昌に金蔵が破られていないか確かめるよう言った。道昌は直ちに家臣を金蔵に走らせた。

荒れ果てた書斎で道昌は海猫一味への憎しみを滾(たぎ)らせた。程なくして家臣が戻り、金蔵は無事だと報告した。

すると、海猫一味の狙いは書斎だったのか。盗賊が金品よりも手に入れたい物が書斎にあったのだ。

それは何だ。

おそらくは何らかの極秘文書に違いない。

道昌に書斎を調べ、盗み出された文書を確かめるよう言ってから濡れ縁に立った。

短夜を彩る月は福山の無念の死を悲しんでいるかのようだった。

虎之介は岩坂の屋敷で事の顚末を報告した。

「なるほど、福山殿は海猫の権兵衛を誘い出したのか。残念にもそれが裏目に出たのじゃな。それにしても海猫一味に黒幕がおるとはな。背後におる、という福山殿の物言いからして、その者は公儀のしかるべき立場の者かもしれぬ」

岩坂はため息を吐いた。

「倅はおれと一緒に海猫一味を召し捕る、と息巻いておる」

虎之介が言うと、

「それで、おまえ、承知したのか」

「道昌の気持ちを汲むのは当然だからな」

「ならば、御老中小枝出羽守さまのお耳にも入れておけ」

岩坂も承知した。

「海猫一味はどうして福山を殺したのだろうな。普通に考えれば、福山が自分たちを召し捕ろうとしていると知り、先手を打ったのだろうが、書斎から奪った文書が気になる」

虎之介の問いかけに、

「文書については、どんな内容かわからねば判断のしようがないな」

岩坂は判断がつきかねるようだ。

「はっきりしているのは、海猫一味が江戸に潜伏していることだな」

虎之介は言った。

「おまえが来る前に火盗改から報せがあった。海猫の奴ら、昨日、神奈川宿を襲ったそうじゃ。商家三軒から金品を強奪し、火を付けた。千両箱二つの他、数多の骨董品を奪っていった。そのうえ、一味の印と言える銛による殺しが行われた。襲撃された商家の一軒の雨戸に主が銛で串刺しにされていた……」

惨いのお、と岩坂は嘆いた。

「すると、海猫一味は神奈川宿で暴れた翌日に福山を殺しに来たんだな。先日の勘太郎殺しも考え合わせると、江戸を拠点としているのは間違いない。福山を殺し、いよいよ、大きな獲物を狙っているということか」

虎之介は身を引き締めた。

「今後のこと、小枝さまと協議しろ」

岩坂に言われるまでもなく、小枝出羽守康英を訪ねるつもりだ。

第四章　成田不動尊への借財

一

三日後、小枝を訪ねる前に虎之介は福山屋敷に顔を出した。

道昌は落ち着きを取り戻していたものの、海猫一味への復讐心を一層高めているようだ。

道昌は虎之介を書斎に案内した。

すっかり片付けられ、書棚に書物や文書が整然と収納されていた。

「海猫一味に奪われた文書、わかったのか」

虎之介の問いかけに、道昌は静かにうなずいた。

「公儀の出納に関わる父の調べ書きだと思います」

「五百両程、使途不明金があると耳にしたが」

虎之介が返すと、道昌は文机の文箱を開き、帳面を取り出して、虎之介に見せた。受け取ると虎之介は帳面に視線を落とした。表紙には日誌と記してあった。福山の日誌を読ませようという道昌の意図に戸惑っていると、

「皐月十五日を読んでください」

道昌は言った。

日誌を捲り、皐月十五日に至ると目を凝らして読み始めた。日常の出来事の他、勘定組頭小野木清之介からの報告が記されている。五百両の金が成田山新勝寺に修繕費用として寄進されている、とあった。これに対し福山は疑問を呈している。

今年の葉月、成田山新勝寺には一万両の寄進を予定している。成田山の本尊、不動明王像は数年に一度、深川永代寺で出開帳が行われ、そのたびに大変な賑わいを見せる。「成田のお不動さま」の出開帳を迎える江戸庶民の熱の入れようは尋常ではなく、送り迎えの行列は一里以上に及び、興奮した者同士で喧嘩騒ぎが起きるのは珍しくない。

幕府は江戸庶民の成田山に対する信仰を考慮し、大規模な修繕ができるように、と一万両の寄進を行うのである。福山は一万両の寄進が決まっているのに、五百両をそ

れとは別に修繕費として支出したのを疑問視していた。

「なるほど、お父上の疑問はもっともだ」

　虎之介の言葉に道昌は深くうなずき、

「海猫一味が奪った文書はこの中の書付に関係すると思います」

　道昌は立ち上がり、書棚から文の束を持ってきた。それは書付の類であった。福山が勘定所の役人に出した指示、命令とそれに対する役人からの回答である。

　読んでも虎之介には要領を得ないことばかりであったが、

「成田山新勝寺……」

　成田山新勝寺から勘定所に届けられた書状が細かく折り畳んであった。広げると、卯月（うづき）二十日付で文化三年（一八〇六）の公儀への貸付金五百両の返済を受領した、という受取書であった。

「四年前、公儀は成田山新勝寺に借金をしていたのか」

　虎之介は首を捻った。

　それには答えず道昌は、

「それがし、この束の横にもう一つ束があったのを見た覚えがあります。その束には成田山新勝寺関係、と書かれた表紙が付けてありました。海猫一味はその束を奪ったのだと思います」

と、推測を述べ立てた。

「お父上は用心のため、本物の新勝寺の受取書はこちらの束に混入し、贋の受取書を成田山新勝寺関係という表紙を付けた束に入れておいたのかもしれぬな」

虎之介も推量した。

となると、強い疑問が浮上する。

「どうして海猫一味は新勝寺の受取書を奪ったのだろうな」

虎之介の言葉に道昌も同調し、

「海猫一味と新勝寺が繋がっているとは思えません。一方、新勝寺の受取は五百両、使途不明金も五百両、偶然ではありませんよね。そして、公儀は新勝寺に修繕費として五百両を出費しています。一方新勝寺は、受取書が示すように四年前の借財に対する返済として、公儀から五百両が支払われた、と解釈しています。おかしいですね」

と、眉間に皺を刻んだ。

虎之介は福山の日誌を読み進んだ。

すると、皐月三日、小野木が新勝寺の受取書を見つけ出し、福山に届けたと書いてある。

「使途不明金は四年前に新勝寺から借りた五百両の返済に充てた、と考えて間違いあるまい。そもそも、公儀が新勝寺から借金をするはずがない。おそらく、公儀のしかるべき役職者が借金をしたのだろう。それを修繕費という名目にして公儀の台所から新勝寺に支払ったのだ。その役職者とは……」

「御老中小枝出羽守さま」

道昌は野太い声で言った。

「小枝さまだとして、何故新勝寺から五百両を借りたのだろうな」

虎之介の問いかけを受け、

「四年前と言えば、小枝さまは寺社奉行でした」

道昌は返した。

「寺社奉行ゆえ新勝寺と関わっておっても不思議はない。それに、小枝さまは新勝寺が所在する下総国成田の藩主だ」

小枝が何らかの事情で新勝寺から五百両借りた可能性が出てきた。しかし、あくまで推測でしかない。

受取書を奪ったのは海猫一味だ。何のために受取書を盗み出したのだ。小枝が使途不明金五百両の主だと脅しをかけるつもりか……。

それとも、小枝に奪うよう頼まれたのか……。

だとすれば、小枝出羽守康英こそが海猫の権兵衛の黒幕なのか。

そんな馬鹿な。

小枝は海猫一味捕縛を決意し、虎之介に任せたのだ。木乃伊（ミイラ）取りが木乃伊になるどころか幕政を担う老中が大盗賊一味と結託（けったく）しているとは、勘定所の闇どころの醜聞ではない。

いくら何でも妄想だろう、と虎之介は湧き上がった憶測を払い除けようとした。

そこへ、

「父が申しておりました。火盗改の探索によると海猫一味は安房、上総、下総、相模を股にかけて荒らし回っても捕方の手に落ちなかったのは、天領と様々な大名領を巧みに逃げ回ったからだ、と」

道昌が言った。

捕方は領知を越えて捕縛に動けない。

「ずる賢い奴らだな」

虎之介は苦笑した。

「それと、もう一つ気がかりなことがあります」

道昌の口調が暗く淀んだ。

虎之介は黙って、道昌に話すよう促す。

「安房、上総、下総、相模である大名の領知だけ海猫一味は盗賊行為を働いていないのです」

そこまで聞いてから、

「下総国成田藩、小枝出羽守さまの領知だな」

虎之介が言うと、「そうです」と道昌は深くうなずいた。

確かに小枝は自領には海猫一味を一歩も入れさせていない、十分なる警戒措置を敷いているからだ、と自慢していた。あの時は小枝の言葉をそのまま受け入れたが、今となっては海猫一味との繫がりを勘繰ってしまう。

海猫一味を自領の何処かに匿い、盗んだ金品の一部を見返りに受け取っていた、という憶測も成り立つ。

いかん、決めつけはよくない。

まずは、小枝を訪ね、それとなく探りを入れよう。

「お師匠さま、それがし、たとえ相手が老中であろうと臆しませんぞ」

道昌は意気込んだ。

「待て、まだ、小枝さまと海猫一味が繋がっていると決まったわけではない。いや、何も小枝さまを庇うつもりはないぞ」

虎之介は道昌を諫めた。

「お師匠さまは権力におもねるようなお方だとは思いませぬ。では、小枝さまが海猫一味と結託をしており、父の命を奪わせた、と判明したら何とします」

目を凝らし、道昌は迫った。

「おれの役目は海猫一味捕縛だ。海猫一味と結託する者はたとえ老中であろうと一味と同然、捕縛するに何の躊躇いもない」

決然と虎之介は答えた。

「さすがはお師匠さま、そのお言葉、それがしの胸に沁み入りました。父に聞かせたい。父の魂は冥途に辿り着けずに彷徨っておりましょう。お師匠さまのお言葉、きっと耳にし、望みを抱いたことでしょう」

道昌は虎之介の手を両手で握り締めた。

武芸鍛錬を怠っていないごつごつとした手を虎之介は強く握り返した。

虎之介が手を解いたところで、

「実は未だ父の死を小枝さまには届けていないのです。勘定所には病欠の届け出をしています」

道昌は言った。

「ならば、小枝さまには病死と届けるのだな」

虎之介に勧められ道昌は承知した。

近々、小枝に会う。福山の死が話題になる。果たして、小枝は何を語るだろう。

二

虎之介は小枝出羽守康英を訪ねた。

五重塔がある下屋敷ではなく、江戸城西の丸下の上屋敷である。

小枝は浴衣という身軽な装いで、御殿の濡れ縁に座し、西瓜を食べている。虎之介も勧められ、遠慮せずに食した。井戸水で冷やされた西瓜はありがたい。虎之介も小枝も言葉を発することなく食べ終えた。

「福山、突然の病死とは意外であったな」

果たして、小枝は福山の死を話題にした。

「そうですな」

虎之介は生返事をした。

虎之介との話し合いを受け、道昌は福山が病死したと小枝に届けた。小枝の表情からは、それを疑う素振りは感じられない。

もっとも、海猫一味の黒幕なら、病死は嘘だと知っているはずだ。惚けているのか、海猫一味襲撃の現場にいた虎之介に探りを入れているのか、実に食えない御仁だ。

「海猫の権兵衛一味捕縛じゃが、生きて召し捕るのに拘らなくともよい。神君家康公下賜の十文字鑓の錆にしてやれ」

小枝は鑓を突く真似をした。

「頼もしきお言葉」

虎之介は軽く頭を下げた。

「早急に退治せよ」

「それは約束しかねますな。奴らの居所を突き止められるかどうか、まずは大きな課題ですからな」

当然のように虎之介は返した。

「わしからも火盗改を叱咤しておく」

小枝は笑顔で引き受けた。

それから、

「ところで、福山だが、海猫の権兵衛と繋がっていた、という噂を耳にしたが……」

と、静かに問いかけてきた。

噂の出所は何処ですか、とは訊くまい。ここは、小枝の真意を探るべく、話に乗ってみよう。

「ほほう、それは興味深いですな」

言葉通り、興味をひかれたように虎之介は半身を乗り出した。

小枝は渋面を作ってから、

「繋がりができたのは十年前、福山が安房の天領の代官をしていた時だな。あの頃、代官陣屋は半田村にあった」

淀みない口調で説明を加えた。

「伊勢崎村の代官陣屋が火事で焼失したために半田村に急造したのでしたな」

合いの手のような虎之介の問いかけを小枝は満足そうに肯定して補足を加えた。

「十年前、福山が着任した頃だが、伊勢崎村の代官陣屋は火事で焼失した。それで、一時的に半田村に陣屋を構えたのだ」

「ということは、福山は半田村の村長だった勘太郎とは浅からぬ縁であったのですな。

そんな勘太郎が訪ねて来て、偽者と気付かぬはずはないということか。なるほど、これで、いよいよ権兵衛との繋がりが勘繰られますな」

合点したように虎之介が語ると小枝は我が意を得たりとばかり、

「生真面目な能吏だと思っておったが、人はわからぬものじゃな。もっとも、いかなる堅物も欲はあるものだ。福山とて例外ではない」

達観して見せた。

それから少し間を置いてから、

「三日前の晩の一件、火盗改から報告を受けておるぞ」

と、思わせぶりな笑みを浮かべた。

火盗改の報告ではなく海猫の権兵衛から聞いたのだろう、という思いを胸に仕舞い、

「福山殿は海猫一味の襲撃を受けて殺されました。黙っておりましたこと、謝罪を致します」

虎之介は頭を下げた。

「それはよい。公儀としても、現職の勘定奉行が盗賊一味に殺された、とは体面上から して表沙汰にはできぬからな。あくまで福山は病死じゃ。それにしても、命を奪われた訳は、海猫一味と仲違い(なかたが)いでもしたか。それとも、福山が海猫一味捕縛を請け負っ

たのを裏切りと見たのか……」

小枝は小さく息を吐いた。

「ところで、福山の倅、道昌をおれの助太刀として海猫一味捕縛に加えるつもりです」

虎之介が伝えると、

「なんじゃと、倅を助太刀させるのか」

不満そうに小枝は返した。

「道昌は海猫一味を父の仇と思っております。それゆえ、権兵衛をお縄にして仇を討ちたい、と申し出ました。しかも、強く願っておるのですよ。道昌の気持ちはわかる、それゆえ、おれは道昌の申し出を受け入れた。御老中、異はござりませぬな」

虎之介は小枝の顔を見た。

小枝は不快そうに顔を歪め、

「そなた、武勇は優れておるかもしれぬが……」

ここで言葉を止めた。

「頭が悪いと言いたいのですか」

からからと虎之介は笑った。

さすがに小枝は虎之介を蔑(さげす)むような言葉を発することはなく、

「頭はともかく、人は好いようだな」

「誉め言葉と受け止めます」

しれっと虎之介は返した。

「抜け抜けと申しおって。そなた、道昌を信用するのか。福山は権兵衛と繋がっておったのだ。道昌も何らかの関係を持っていたとしても不思議はあるまい」

冷めた口調で小枝は言い立てた。

「まさか、それなら、父親を見殺しにしたことになりますぞ」

さすがに虎之介は声を大きくした。

小枝は宥めるような口調で、

「よもやとは思うが、その可能性もある、ということだ」

と、言い添えた。

「道昌は心底から父を殺した海猫一味への遺恨を抱いておりますぞ」

虎之介は断じた。

小枝はそれには答えずにいた。

「して、反対なさるのですか」

虎之介は念を押すように確かめた。

「いや、そなたに海猫一味捕縛を任せたのだ。だから、裁量はそなたに任せる」

結局、小枝は認めた。

「かたじけない」

改めて礼を述べてから、

「ところで」

と、小枝を見返した。

小枝は、「なんじゃ」と身構えることなく問い直した。

「道昌から聞いたのですが、海猫一味は福山の書斎から文書を奪っていったそうです」

「ほう……どんな文書じゃ」

表情を変えず、小枝は質した。

「成田山新勝寺の受取書ですな。四年前、公儀は新勝寺から五百両借りたようですぞ。小枝さま、ご存じですな」

「はて、知らぬな。あ、いや、勝手掛老中として無責任な物言いに聞こえるかもしれぬが、四年前の借財を問われても、その頃は公儀の台所を預かってはおらなかったからな。して、その借財がどうしたのじゃ」

「公儀の出納の使途不明金も五百両、これは偶然でしょうか」

「さてな」

関心なさそうに小枝は横を向いた。

「では、お考えをお聞かせください。海猫一味はどうして新勝寺の受取書を盗んだのでしょう」

虎之介は小枝の目を見据えた。

「わしが思うに、海猫一味が盗んだ文書は新勝寺の受取書だけではないのではないか。海猫一味にとって不都合な文書があり、その文書と一緒に受取書を奪ったのかもしれぬ。受取書は偶々、欲しかった文書と一緒にしてあったのだろう」

平然と小枝は推論してみせた。

上手い理屈を捻り出したものだ。油断ならぬ男である。

「なるほど、考えが及びませんでした。小枝さまの推量通りとしますと、不都合な文書とは何でしょう」

「これまた、憶測に過ぎぬが、福山が海猫一味と取り交わした密約書……それが表沙汰になれば海猫一味の企てが水泡に帰してしまうような文書ではないのか。福山は海猫一味を裏切り、捕縛に動き始めた。海猫一味は福山を殺すだけでは、企てが発覚してしまう、と文書を奪ったのだろう」

これまた、小枝はすらすらと考えを述べ立てた。よくも口から出任せにもっともらしい話を作るものだ、と虎之介は内心で苦笑した。虎之介も本心はひた隠し、

「まさしく、慧眼ですな。いや、合点がゆきました」

小枝を賞賛してから、

「実はお願いがあるのです」

虎之介は居住まいを正した。

「まだ、何かあるのか」

小枝は肩をそびやかした。

「ああ、二つばかりありますぞ」

遠慮せずに虎之介は返す。小枝は失笑を漏らしながら、

「申せ」

と、顎をしゃくった。

「まず、御家人横峯善次郎ですが、勘定組頭小野木清之介殺害の疑念をかけられ、謹慎の身でござる。濡れ衣であるのは明らかだ。謹慎を解いてもらいたい」

虎之介の頼みを、

「よかろう。そのように取り計らう」

幸い、あっさりと小枝は引き受けた。

礼を言ってから、

「次に、御老中に駕籠訴に及んだ半田村の農民たちも解き放って頂きたい」

虎之介は頼んだ。

「あの者たちか……」

思案するように小枝は口を閉ざした。

すかさず、

「認めて頂けませぬか」

声を大きくして虎之介は言い立てた。

「直訴は打ち首が原則じゃ」

「直訴せざるを得なかったのですぞ」

不満そうに虎之介は言い添えた。

「事情は承知しておる。しかし、公儀の法度を曲げることは老中といえども許されぬ」

「だからこそ、こうやって頼んでいるんじゃないですか」

虎之介は両目を大きく見開いた。

「無理を申すな」

宥めるように小枝は右手をひらひらと振った。これ以上頼み込んでも無駄だぞ、と言わんばかりだ。不満を抱きながら、ふとした疑問に駆られた。

「御老中、どうして吉次郎の駕籠訴をお聞き届けになったのです」

予想外の問いかけだったのか、小枝は一瞬口をつぐんだ後、

「わしはな、民の声をできるだけ聞くように心がけておるのだ。よって、駕籠訴を邪険にはせぬ」

「そりゃ、ご立派な心掛けだ。政を行う者、かくあるべしですな」

虎之介の称賛に、

「わかってくれればそれでよい」

小枝は満足そうにうなずいた。

「それで、海猫一味の根城をいかに見つけ出しますか。叔父貴から聞きましたが、四日前にも海猫一味による強盗騒ぎが起きたとか。場所は神奈川宿……海猫一味が福山を襲ったのはその翌日。海猫一味は江戸を根城に大胆不敵に暴れておりますぞ。あか

らさまな動きですからな、火盗改は奴らの根城や動きを突き止めてしかるべきと存ずるが、いかがですかな」

虎之介の批難めいた問いかけに、

「わしは火盗改を信用しておる」

ぶっきら棒に小枝は答えた。

「確か、海猫一味が江戸に潜伏しておるのを突き止めたのは火盗改の隠密同心でしたな。品川宿の賭場で海猫一味の手下と知り合って聞き出した、とか。その手下はその後どうなったのですか。火盗改の監視下にはないのですか。そいつを通じて海猫一味の動きや根城を突き止めておるものと思いましたがな。優秀な隠密同心殿は何をしておられるのかな」

皮肉たっぷりに虎之介は疑問を投げかけた。小枝は苦い顔で、

「火盗改には火盗改の考えがあろう」

「考えている間に神奈川宿は一味に襲われ、三軒の商家が犠牲になったのですぞ。千両箱二つと多数の骨董品、それに商人一人が銛で殺され、三軒は焼き払われた。火盗改は一体何をやっているのでしょうな」

火盗改への批判は自分にも向けられていると小枝は受け止めたようで、不機嫌な表

情でぷいと横を向いてしまった。

構わず虎之介は続けた。

「福山は海猫一味の根城を南小田原町の廃屋敷だと見当をつけました。福山は火盗改からの情報を得た、と言っておりましたが、福山が権兵衛と繋がっておったとすると、おれを廃屋敷に誘い出すつもりだったのでしょう」

小枝が喜びそうな推測を投げかけると、

「福山め、手の込んだことをしたものじゃな」

小枝は冷笑した。

「もう一つ疑問があります。奴ら、江戸に潜伏しているというのに、江戸では盗賊行為をしていない。それは、何故でしょうな」

「江戸は警戒が厳しいゆえ、隙を窺っておるのだろう」

なんでもないように小枝は返した。

「相模の神奈川宿では盗賊行為を働いているんですぞ。江戸からわざわざ足を向けるのはどうしてでしょうな」

「海猫一味は漁師だったのだ。船を操るのはお手の物だ。奴らにとって神奈川宿は江戸の内なのだ」

「そうも考えられますが、それなら、江戸でなくとも、奴らが得意とする船を活用しやすい湊町に拠点を置くのではござらぬか」

「何か事情があるのだろう」

「その事情が気になりますな」

虎之介はにんまりとした。

「全ては権兵衛をお縄にすればわかることだ」

小枝は結論付けた。

「それはそうだが、どうも海猫の権兵衛一味に関してはよくわからんことが多すぎますな」

虎之介は腕を組んだ。

「所詮は盗賊どもだ。常人とは違う考えを持っておるのだろう」

気にするな、と小枝は海猫一味への疑問を封じた。虎之介が苦笑すると、

「いずれにしても、権兵衛一味を退治せよ」

小枝は念押しをした。

「以前にも申しましたが、奴らの根城を見つけ出すのはおれの役目ではない。根城と言わず、居場所がわかればいつでも退治してやります。火盗改の尻を叩いてくださ

い」

話を切り上げると虎之介は腰を上げ、奥座敷を出た。目についた家臣に向かって、

「すまぬ、厠を借りたい」

と、頼んだ。

「こちらでござる」

家臣の案内で廊下を奥に進んだ。

厠に着くと用を足した。

すると、

「毎度、ありがとうございます。往来屋でございます」

という元気のいい声がした。

声に釣られて視線を向けると、

「おお、献残屋、こっちじゃ」

案内してくれた侍が男を手招きした。

往来屋の主人伝兵衛である。伝兵衛は小枝の屋敷にも出入りしているのだ。老中の屋敷ならば贈答品が山とあるに違いない。

「商い上手な奴なのだろうな」

虎之介は伝兵衛の背中を見送った。

「今日は、どんな品々があるのでしょう。楽しみでございます」

伝兵衛は揉み手をし、御殿の一室に入った。贈答品が山と積まれている。それを伝兵衛は見積もってゆく。

煎海鼠、フカヒレ、干し鮑といった俵物がある。いずれも蝦夷地で捕れる貴重な海産物で清国への輸出品だ。清国で高級食材として珍重されるが日本で庶民の口には滅多に入らない。

他にも羊羹、饅頭などの菓子や角樽に入れられた清酒、はたまた酒、食品ばかりか高麗人参などの高級薬種、更には掛け軸、青磁の壺などの骨董品も並べてあった。

帳面を広げ、品物の名前と個数、見積もり金額を記していく。

「我ながら上々だな」

伝兵衛はほくそ笑んだ。

商人とは思えない暗く尚且つ獰猛な顔つきだ。

品々の見積もりを終え、最後に米櫃の前に立った。

蓋を開けると白米が詰まっている。伝兵衛は無造作に右手を突っ込んで米をかき混ぜる。やがて、ニタリと笑い、左手も突っ込むと箱を取り出した。樫の木で作られ、角を鉄板が覆っている千両箱だ。

仁平は蓋を開け、小判で千両入っているのを確かめた。

そこへ、

「大漁じゃな」

と、声がかかった。

襖が開き、小枝出羽守康英が入って来た。伝兵衛は両手をついた。

小枝はすっと座し、

「いよいよ、大仕事じゃ」

上機嫌で語りかけた。

「どうぞ、これまで同様にお任せください」

恭しく伝兵衛は礼を述べ立てると見積もった品々を眺めやった。

「献残屋とは巧いこと考えたものじゃ」

小枝は言った。

「これも、小枝さまがお手助けをしてくださるからでございます」

伝兵衛は愛想笑いを送った。

「今回の収穫は中々だったな」

改めて小枝は見積もった品々を見やった。これらの品々は神奈川宿を襲撃した際に奪った。

海猫一味は強奪した金品を小枝の屋敷に運び込む。小枝には奪った金の半分、物品の見積額を献残屋の買い取りという名目で支払って引き取るのだ。

三

二十五日の昼、虎之介は岩坂貞治を訪問した。

岩坂は何がおかしいのかにんまりと笑った。

「笑い事じゃないぜ」

虎之介が批難すると、

「こりゃ、そなたに小言を言われるとはな……それはよい。小枝さまが海猫の権兵衛と繋がっておったとは……」

「意外か」

「意外と言えば意外、考えられるとあれば考えられるな」

「また、回りくどい物言いを、いかにも叔父貴らしいお惚けだ」

虎之介は肩をそびやかした。

「何も勿体などつけておらん。小枝さまが福山を海猫一味と繫がっておる、と見せかけたのは、福山の経歴を考慮したのじゃろう。福山は代官として大きな盗賊行為に遭い、大きな失態となったのだ。それにもかかわらず、お咎めはなかった。それどころか、代官から勘定所に戻ると組頭に昇進した。優秀な能吏ということもあろうが、そこに金子が動いたのでは、と勘繰ってもおかしくはない、と小枝さまは見越したのかもしれぬぞ」

淡々と岩坂は考えを述べ立てた。

「で、実際、叔父貴は福山が勘定組頭に累進した時に疑いを抱いたのか」

岩坂は首を左右に振り、

「福山殿の優秀な能吏ぶりを存じておったからな、特に違和感を抱かなかった。わしばかりではなく、勘定所の者もな」

「福山は出来る男だったのだな」

改めて虎之介は福山道信の死を惜しんだ。

「まこと、公儀の損失じゃ」

岩坂もしんみりと同意した。

虎之介と岩坂は福山を哀悼して両手を合わせた後、

「ところで、火盗改から何か報せはないのか。小枝さまにも火盗改の無能ぶりをあげつらってきたところだ」

虎之介は問いかけた。

「おまえらしいな」

岩坂は失笑を漏らしてから、

「奇妙なことにな、江戸市中の廃屋敷、廃寺社を虱潰しに探ったそうじゃが、海猫一味の隠れ家らしきものは見つからないそうじゃ」

「調べが足りんのだろう」

素っ気なく虎之介が返すと、

「そう言うな。火盗改も必死で探しているんじゃ」

「それでも、見つからないというのは江戸市中には潜んでいないのじゃないか」

「そうかもしれんが、火盗改の推量は違うな」

岩坂は真顔になった。

「なんだ、勿体をつけて」

「つまりじゃ、海猫一味は江戸の市井に溶け込んでいるのだ」

岩坂は、「わしもそう思う」と言い添えた。

「なるほどな、権兵衛は薬の行商人仁平を騙っていたが、騙りばかりではなく、なり切っているということか。それはありそうだ」

虎之介も納得した。

「となると、厄介じゃな」

岩坂は渋面を作った。

「一味は盗賊行為をする時のみ、集まるのかもしれんな」

虎之介の考えに、

「そうじゃろう」

「しかし、そこまでして江戸に潜伏する訳は何だろう。盗賊どもだ、まともな暮らしなんぞ、飽きてしまうだろう。汗水たらして働くのが嫌で盗賊をしている奴らばかりなんだからな」

「そうじゃな。それが、市井に暮らしているとなると、それだけ大きな盗賊行為が待っておるのかもしれんぞ」

という岩坂の推測を受け、虎之介は皮肉そうに冷笑を浮かべた。

「だがな、盗賊どもはいつまでも市井のまともな町人面を装えるものではない。いずれ、痺れを切らすぞ」

岩坂が続けると、

「叔父貴、問題はそれがいつかだ」

虎之介は指摘した。

「そうじゃな」

岩坂は肩をそびやかした。

「ところで、小枝さまだが、今回に限らず、駕籠訴を聞き届けるようだな」

話を変え虎之介は問いかけた。

「小枝さまが……」

岩坂はおやっとした顔になった。

「小枝さまは、一切聞き届けないことで有名じゃ。訴人は家臣に命じて容赦なく斬り捨てる、とな」

岩坂は言った。

「吉次郎たちが駕籠訴に及んだのは、一念という遊行僧に小枝さまは広く民の声を聞くのが信条、と教わったからだ」

「いや、そうではないな。一々、民の声を聞いていたらきりがない。政は大所高所に立って行うもの、というお考えだ」

「なら、今回、吉次郎の訴えを聞き届けたのは異例なのか」

「そうじゃな」

「どうしてだろうな。小枝さまは、訴人が半田村の吉次郎とは知らなかったはずだぞ」

「偶々ということか」

岩坂が返すと、

「そんな都合のいい偶然があるものか」

虎之介は一笑に付した。

「わしもそう思う」

岩坂は不穏な顔になった。

「一念は海猫一味と考えて間違いない。小枝さまは一念を通じて吉次郎に駕籠訴をさせたということか。小枝出羽守め、海猫一味と結託し、何を企てているのやら」

虎之介は顎を掻いた。

四

民部は本町の薬種問屋への聞き込みをすべく同心詰所を出ようとした。

すると、小者が来客を告げてきた。

「横峯さんが」

横峯善次郎が訪ねて来てくれた。

小野木殺しの濡れ衣が晴れ、解き放たれたようだ。小者に詰所まで案内するよう頼んだ。程なくして横峯がやって来た。

一瞬、横峯とわからなかった。謹慎が解け、民部に感謝の意を伝えるための訪問とあって、月代や無精髭を入念に剃り上げ、小袖や袴も糊付けがなされている。

小ざっぱりとした横峯は、凜とした若侍であった。

「横峯さん、よかったですね」

心の底から民部は声をかけた。

「香取さんのお陰です。まこと、このご恩は生涯忘れません」

横峯は深々と腰を折った。

「わたしに礼なんぞ不要です。横峯さんは濡れ衣を着せられたのです。ですから、解き放たれて当然なのですよ」

民部は言った。

横峯は安堵の表情である。

「お母上もさぞやお喜びでしょう」

「母には苦労をかけましたので、拙者も安堵しました」

「いや、よかった。近々、祝杯を挙げましょう」

民部が誘うと、

「それはうれしいですが、拙者でお役に立てることはないでしょうか。何かお手伝いできることがあれば、是非ともお力になりたいのです」

横峯の申し出に、

「そのお気持ちだけで十分です」

穏やかに民部は断ったが、

「これから、聞き込みに行かれるのでしょう」

「横峯さんを騙した偽の勘太郎こと薬の行商人の仁平を探します。まずは、日本橋の本町の薬種問屋で聞き込みをします」

民部が打ち明けると、

「ならば、わたしも本町で聞き込みをします」

横峯は言った。

「申しましたが、お気持ちだけありがたくお受けします」

「それでは拙者の気持ちが治まりません」

強く横峯は主張した。

生真面目な男だけに口に出したことは引っ込められないのだろう。

「しかし、筆算吟味の勉強があるでしょう。そちらの方がよほど大事ですよ」

諭すように民部は返した。

「今日だけでも手伝わせてください。身勝手ながら、何もしないでは筆算吟味の勉学も手につかないのです」

やはり、筆算吟味のことが気になるようだ。それを言葉で表したことに恥じたのか、

「拙者は仁平と会いました、会ったどころか福山さまのお屋敷に同道しております。拙者、実際に仁平と関わった者ですので、お役に立つと思うのです」

と、きりりとした顔で言い立てた。

ここまで言われたら、断るのは気が引ける。

「わかりました。お手助け、よろしくお願い致します」

民部は受け入れた。

民部は横峯と共に本町にやって来た。

漢方薬の香が漂い、店売りをしている問屋もあった。民部と横峯は仁平の人相書を手に聞き込みを始めた。

往来の両側に分かれ、薬種問屋で聞き込む。

炎天下とあって、日差しを避けようと店の軒先に人々が集まっている。民部は人混みをかき分け、手代を捕まえると人相書を見せて、

「この者が出入りしていないか？」

と問いかける。手代は真面目に対応をしてくれるが、仁平を知る者はいない。

それでも、民部はめげずに辛抱強く聞き込みを続けた。

一時程(いっとき)で表通り、裏通りに軒を連ねる薬種問屋への聞き込みは終わった。その結果、仁平に関する手がかりは得られなかった。

仁平は本町の薬種問屋で薬を仕入れているのではない。ということは、新潟湊まで出かけている、という仁平の言葉は真実なのだろうか。

いや、仁平が海猫の権兵衛であるなら、盗賊行為を働いた商家の中に薬種問屋があり、そこから高級薬種を奪ったとしてもおかしくはない。

思案をしているところへ横峯がやって来た。

「見つかりません」

横峯は申し訳なさそうに告げた。

「やはり、薬の行商人というのは偽りなのですね」

民部の考えに、

「そのようです」

役に立たず、申し訳ございません、と横峯は頭を下げた。

「とんでもない。あとは、町奉行所で聞き込みを続けますから、横峯さんはどうか、筆算吟味の勉学に励んでください」

強く民部が言うと、

「では、そうします」

やっと、横峯は引き下がった。

横峯は民部と別れてから組屋敷に帰ろうとしたが、胸のもやもやは晴れない。このままでは、筆算吟味の勉学に没頭できない。

かと言って、偽の勘太郎こと仁平を探し出すなど、自分にできるわけがない。それはわかっているが、濡れ衣を着せられた一件に自分なりの決着をつけたい。

となると、

「そうだ」

はたと横峯は思った。

船岡虎之介にもお礼をしよう。あの方が老中小枝出羽守さまに解き放ちを掛け合ってくれたのだ。せめて、礼の品を贈ることで感謝の意を伝え今回の一件の区切りとしよう。

となると、旗本に対して迂闊な物は贈れない。幸い、濡れ衣であったことから寸志として評定所から五両が届けられた。

こういう時にお金は使うものだ。

「よし」

虎之介の屋敷は神田だ。それなら、献残屋の往来屋で買い物をしよう。

我ながら良い考えだと、横峯は往来屋に足を向けた。

往来屋にやって来た。

虎之介の好物は何だろう。食べ物よりも何か骨董品とか武具がいいだろうか。

横峯は店内を物色した。

置物だと好みもあるし、邪魔になっては迷惑だ。やはり、食べ物がいいだろう。夏の時期に食中りの心配がない食べ物と言えば……鰹節、煎海鼠か、それとも菓子がいいか。虎之介に甘い物は似合わない。

横峯は干し鮑にしようと思った。

「これを」

と、手代を呼んだところで主人の伝兵衛が出て来た。声をかけようとして横峯は息を呑んだ。

偽の勘太郎こと仁平と一緒に語らっているのだ。

さっと、横峯は店を出た。

仁平と伝兵衛は和気あいあいといった様子である。よほどに懇意であることを窺わせた。仁平は薬の行商人を思わせる風呂敷包みを背負い、往来屋から出て行った。

「よし」

横峯は仁平を尾行することにした。

胸の高鳴りが抑えられない。これまでに経験したことのない緊張に包まれている。

日輪は大きく西に傾いているが、日差しは弱まらず、汗が滴る。それでも、横峯はめげることなく仁平を追った。

仁平は行商人らしい健脚で足早に進む。幸い、横峯に気付く様子はない。

神田から日本橋へと向かう。

日本橋の雑踏を仁平は縫うように進む。横峯は見失うまいと、目を凝らした。

仁平は歩みの調子を落とすことなく日本橋を抜ける。

やがて、江戸城西の丸下の大名屋敷街に到った。

「大名屋敷じゃないか」

横峯は首を傾げる。

仁平は大名屋敷街の一角にある大名屋敷の裏手に回った。

仁平は裏門を叩いた。

横の潜り戸が開き、仁平は中に入った。

「どなたの屋敷だ」

横峯は屋敷を見上げた。

周囲を見回し、辻番所に気付いた。横峯は辻番所まで歩いた。

「失礼ながら」

横峯は仁平が入って行った大名屋敷の主を訊いた。

「御老中小枝出羽守さまですが」

辻番は教えてくれたものの、横峯を胡乱なものでも見るような目をした。

「あ、いや、かたじけない」

そそくさと、横峯は辻番所から離れた。

小枝さまと仁平が繋がっている。しかも、民部によると、仁平は海猫の権兵衛だ。

「大変だ」

一刻も早く民部に伝えねば。

辻番所を出ると、横峯は南町奉行所を目指して歩き出した。

辻を曲がったところで、

「横峯さんじゃないか」

と、いう声がかかった。

ぎくりとして横峯は振り返った。すると、仁平が立っている。

「あ、ああ、そなたは……いつぞやの」

曖昧に言葉を濁し、横峯は返した。

「こんなところで何をなさっておられるのですか」

仁平は微笑んだが目は暗い光をたたえている。

「あ、いや、それは……そなたこそ何をしておるのだ。安房の半田村に帰ったのではないのか」

横峯は問い直した。

「半田村からまた出て来たのですよ。倅が御老中小枝出羽守さまに駕籠訴に及んだと聞きまして、なんとか倅を解き放って頂こうと小枝さまの御屋敷を訪ねたのですよ」

しれっと仁平は答えた。

「風呂敷包みを背負っておるとは、村長らしくはないな」

横峯の指摘に、

「御老中さまのお屋敷に頼み事に上がるのに手ぶらというわけにはいきませんからね」

抜け抜けと仁平は返した。

「なるほどな。それで小枝さまはお聞き届けになったのか」

横峯の問いに、

「人事は尽くしました」

「海猫の権兵衛一味の捕縛、どうなっておるのだ」

横峯は話を変えた。

「近々にも捕縛できるだろう、とのことでしたな」

仁平は言った。

いい加減なことを言いおって、と横峯は不快になった。仁平が小枝の屋敷に入ってさほど時は経っていない。言葉を交わすゆとりなどなかったはずだ。

それでもそんな思いは顔には出さず、

「それはよかったな」

と、言い置いて横峯は踵を返そうとした。

ところが、引き止めるように、

「横峯さまはあれからいかがなさっておられましたか。筆算吟味にまつわる不正の真偽は判明したのですか」

と、早口で問いかけてきた。

往来にはこの界隈に軒を連ねる大名屋敷の藩士や行商人たちが行き交っている。仁平が横峯に危害を加えるには人目が邪魔だろう。少しばかりなら話し相手になってやろう。

やり取りで仁平は尻尾を出すかもしれない。

「小野木殿は筆算吟味に不正などないと否定なさった。合格できない者が出鱈目を言い立てているのだ、とおっしゃった。拙者はその言葉に従って引き下がり、筆算吟味合格に向けて勉学に励もうとした。ところが、小野木殿は明くる日に亡くなられた。あろうことか、拙者が持参した宝屋の栗饅頭に毒が混入していたのだ。拙者は、小野木殿毒殺の濡れ衣をかけられ、評定所に召喚されるまで謹慎となった。幸い、濡れ衣は晴れたのだが……宝屋の栗饅頭を勧めてくれたのはそなただったな」

横峯は仁平を睨んだ。

「わたしは小野木さまが甘党であるのを存じておりました。ですから、親切心でお勧めしたのです」

悪びれることもなく仁平は返した。

これ以上、関わっていても仕方がない。

「御免」

横峯は立ち去ろうとした。

「飯でもいかがですか」

仁平は横峯の前を塞いだ。

「いや、腹は減っておらぬのでな」

仁平の脇をすり抜けようとする。

人通りが絶えた。

夕闇が濃くなり、烏の鳴き声が周囲を覆う。

横峯の胸が高鳴った。

「つれないですね」

仁平は言うと、懐に右手を差し入れた。

懐に呑んでいた匕首(あいくち)が夕陽を受けてきらりとした輝きを放った。

次の瞬間には脇腹に強い痛みを感じた。

横峯は往来に転がった。足音が近づいてくる。遠ざかってゆく仁平の背中が朧に霞んだ。

「大丈夫か!」

辻番所の番士の声だ。

「南町の香取さんに……報せて……」

必死で伝え、横峯は両目を閉じた。

五

江戸城西の丸下の辻番所から横峯が襲撃されたとの報せを受け、民部は矢も楯も堪(たま)らない思いで走った。

「横峯さん……」

民部は横峯の笑顔を思い浮かべ、ひたすら駆けた。

辻番所に入ると、番士が出迎え、小さく首を左右に振った。小上がりに横峯は寝かされていた。

民部は天を見上げ絶句した。

それでも、横峯を見ると、すがりついて、

「横峯さん……横峯さん、起きて、起きてください」

と、身体を揺さぶった。

横峯は薄目を開けた。

希望の光が差した。

民部は番士に湯を沸かし、焼酎と晒(さらし)を用意するよう頼んだ。

民部は懐中から紐で巻かれた布の包みを取り出した。紐を解くと布を広げる。袋に区切ってある。その中から金属製の細長い刃物を取り出した。

蘭方で金創(きんそう)手術をする際に用いる道具でメスと呼ばれている。

番士に手伝ってもらって横峯の着物を脱がせた。

右の脇腹から大量の出血が見られる。

盥(たらい)に汲まれた水で手を洗い、手拭で拭いた。

必ず助ける、と心の中で横峯に語りかけ民部は五合徳利に入れられた焼酎を横峯の傷口に注いだ。

言葉は発しないが横峯の身体が仰け反(のぞ)った。横峯の生命力を感じ、民部は闘志が湧いた。

今だけは、南町奉行所の見習い同心から蘭方医を志した学徒に戻ろうと思った。

焼酎で血が洗い流され、傷口が露わになった。刃物の切っ先で刺されている。民部は中指を差し入れ、状態を確かめた。

深さ二寸程だが、幸い内臓は外れている。

民部は再び水で手を洗い、区切った袋から縫合用の手術糸と針を取り出すと、素早く穴に通した。

次いで、傷口を素早く縫い合わせる。

長崎留学で学んだ腕は衰えていない。

五針縫ってから、晒を横峯の腹部に巻き、端をメスで切り裂くと強く縛った。

縫合は上手くいった。

ただ、出血が心配だ。血が止まり、今夜無事に過ぎれば、横峯は助かる。傷口が開き、出血の危険があるため、動かさず今夜は辻番所に置いてもらおう。

幸い、番士は許してくれた。

合わせて、母親に使いを出した。

横峯はか細い息で死線を彷徨っている。ふと、握り締められた右手から何かがはみ出ているのに気付いた。

そっと、拳を開くと木の枝であった。

木の枝を横峯は握り締めていた。それはかたくななまでの様子だ。きっと、民部に伝えたいことがあったのだ。

「木の枝……小枝」

はたと気付き、民部は番士に、

「この近くに御老中小枝出羽守さまの御屋敷はありますか」

と、訊いた。

「ございます。半町ばかり北へ歩いたところですよ」

番士は答えた。

日本橋本町で別れてから横峯は小枝を訪ねたのだろうか。小枝を訪問するなど、一言も話していなかった。一介の御家人が老中を訪ねるなど、よほどの理由である。それが、民部にも話せなかった深い理由であったのだろうか。

すると、

「こちらのお侍に小枝さまの御屋敷を訊かれたのですよ」

と、横峯が辻番所に寄ってあの屋敷の主はどなたか、と訊いたそうだ。

すると、横峯は小枝を訪ねたのではない。小枝の屋敷があると知ってここまで来たのではない。では、何をしに足を運んだのだ。

「横峯さんが襲われた時、周辺に人影はいませんでしたか」

民部が問いかけると、

「風呂敷包みを背負った男が急ぎ足で立ち去りましたね」

番士は答えた。

「行商人……」

民部は仁平の人相書を見せた。

「顔までは見なかったですね」

番士は人相書を手に取りじっと目を凝らした。

「背格好はどうですか」

人相書に記された身長や身体つきを示しながら民部は質した。

「そうですな……」

慎重に思案をしながら番士はこの男のようだった、と答えた。

そうか、横峯は仁平を追って来たのではないか。民部と別れてから仁平を見つけ、居所を探ったのだろう。すると、仁平が小枝出羽守を訪ねたのではないか。

それを横峯は突き止めた。

民部に伝えようと小枝を握っていたのだ。民部は小枝を強く握り締めた。胸が高鳴り、頬が熱くなった。

しかし、ここは激情に駆られてはならない。あくまで冷静に落ち着いて当たらねば。相手は老中なのだ。

明くる日の朝、民部は虎之介と連絡を取り合い、瀬尾全朴道場近くの茶店で落ち合った。

「横峯の命賭けの尾行に報いねばな」

虎之介は言った。

「その通りですよ」

民部も意気込んだ。

「仁平こと海猫の権兵衛と小枝出羽守が結びついていた、と確証が持てたな」

虎之介は小枝が海猫一味の黒幕と推測するに至った経緯を語った。

「驚きました。御老中が海猫一味の黒幕だとは。しかし、どうして小枝さまは海猫一味と繋がったのでしょう」

力なく民部は首を左右に振った。

「結びついた事情はわからんが、海猫一味が荒らし回った安房、上総、下総、相模で小枝の領知だけが被害を受けておらん。海猫一味を匿うことで小枝は金品を得ただろうし、海猫一味にしたら捕方の追及を逃れられるのだ。お互いの利は大きい」

虎之介の考えを受け、

「小枝は海猫一味と一体何を企んでいるのでしょう」

民部は自問するように言った。

「何だろうな」

虎之介は顎を搔いた。

「なんとか探る方法はないでしょうか」

「なくはないがな」

虎之介は、任せろと胸を張った。

第五章　空と海の激闘

一

　岩坂貞治の屋敷で、

「叔父貴、評定所で吉次郎たちを裁いたらどうだ」

　虎之介は提案した。

「おいおい、何を言い出すのだ」

　呆れたように岩坂は返した。

「おかしな提案ではないだろう。吉次郎たちを、いつまでも南町奉行所の仮牢に入れておくわけにはいくまいからな」

　当然のように虎之介は言った。

「それはそうじゃが……あの者たちを裁くということは、海猫一味の問題を持ち出さなくてはならん。海猫一味捕縛の目途がついておらん以上、吟味は中途半端になるではないか」

岩坂は渋った。

「小枝さまは吉次郎の訴え、つまり、海猫一味捕縛を聞き届けた。海猫一味と福山が繋がっている、という決着をつけたいのではないのか。評定の場において公然と福山を海猫一味の共謀者であり、勘定所不正の元凶と糾弾できる好機と捉えるさ。小枝さまは福山から公儀の出納に付、五百両の使途不明金が生じている、と指摘されていた。その落ち度を封印したい。それには、自分を指弾していた福山こそが不正まみれだった、として葬り去るのがいいに決まっている」

虎之介の考えを受け、

「それでは、小枝さまの思う壺だな」

「叔父貴は小枝さまの思惑に乗ってやればいいんだ」

岩坂は冷笑を浮かべた。

「なんだ、わしに小枝さまに加担せよ、と言いたいのか。おまえらしくもない」

「そんなはずはなかろう。評定の場を利用して逆に小枝を追いつめるのだ」

かっと目を見開き、虎之介は言った。

「何か隠し玉でもあるのか」

手で自分の顔を撫で岩坂は問い直した。

「まあ、任せておけ」

虎之介は胸を叩いた。

「おまえがそこまで言うのだ。よかろう、評定所に吉次郎たちを呼ぶぞ」

岩坂は引き受けた。

「ところで、四年前の成田山新勝寺への借財について叔父貴はいかに考える」

虎之介の問いかけに、

「四年前と言えば、成田の不動尊が深川永代寺で出開帳を行なった。いつものことながら、大変な賑わいでな、当然、お賽銭(さいせん)も莫大だった……それはめでたいことであったのじゃが、お賽銭の一部が盗まれた、と新勝寺が騒いだ。寺社奉行であった小枝さまは新勝寺の訴えを聞き、探索をしたのだが盗人は挙げられず、うやむやになった」

当時を思い出すように岩坂は虚空を見つめながら語った。

「ひょっとして盗まれた金は五百両だったのではないのか」

虎之介は勢い込んだ。

「そこまではわからんが五百両とすると、新勝寺の借財の件は合点がゆくな。小枝さまは出開帳で集まったお賽銭の一部をくすねたのではないか。寺社奉行から老中を目指すため、運動資金を集めていた頃じゃ。一両でも多くの資金が欲しかったに違いない」

「ありそうだな。それゆえ、海猫一味とも結託したのか。実に狡猾な御仁だ。今年になって五百両を公儀の台所からくすねね、新勝寺に返したんだな。おそらく、新勝寺から蒸し返されたのだろう」

虎之介の考えに岩坂も同意した。

岩坂は江戸城内の老中用部屋に小枝を訪ねた。内々にお話があります、と耳打ちをすると小部屋へと導かれた。

「今日はいかがした」

裃に威儀を正した小枝は老中の威厳を備えていた。

「駕籠訴に及んだ半田村の者たちですが、そろそろ吟味すべきと存じます」

岩坂の進言を受け、

「大目付のそなたが気を揉むのも無理からぬことじゃな。じゃが、かの者どもがわしに訴えたのは海猫の権兵衛一味捕縛である。権兵衛捕縛がなされておらぬのに、吉次郎らを裁くのはいかにも手抜かりではないか」

小枝は異を唱えた。

「ごもっともでございますが、海猫一味と福山左衛門尉の関係を明らかにするのは、一味捕縛のうえで有意義なことではありませぬか」

岩坂の考えに、小枝はにやりとし、

「それもそうじゃな」

と、思案するように斜め上を見上げた。

「勘定所には筆算吟味にまつわる不正の他にも闇が囁かれておりますぞ。公儀の出納で五百両の使途不明金があるのではありませぬか」

恭しく岩坂が言うと、

「まさしく、由々しき事態じゃ。福山の悪行を暴き立て、勘定所の闇を晴らさねばならぬ」

小枝は野太い声で応じた。

「いかがでしょう。評定所に吉次郎たちを呼びますか」

改めて岩坂は提案した。

「よかろう」

小枝は承知した。

岩坂は一礼をしてから、

「ところで、火盗改の海猫一味探索でありますが」

と、話を変えた。

「なんじゃ」

小枝は事もなさそうに問い直す。

「確か、火盗改の隠密同心が海猫一味の手下と品川宿で接触したのでしたな」

「そうじゃが」

小枝は訝しんだ。

「その隠密同心、何者でしょう。あ、いや、ちょっと気になったものですから」

「さて、その者の素性までは存ぜぬが……それがいかがした」

小枝は問い直した。

「いえ、その、わしが火盗改に確かめたところ、海猫一味と接触した火盗改などおらんそうなのです」

おかしい、と岩坂は首を捻った。

「火盗改は内々に探索を行っておるゆえ、手の内を明かさぬのではないのか」

さらりと小枝は答えた。

「なるほど、御老中には探索の詳細を報せても、大目付ごときには明らかにせず、ということですか」

皮肉たっぷりに岩坂は返した。

小枝は岩坂の視線を逃れるように横を向き、

「ああ、そうであった。品川宿で隠密同心が海猫一味と接触したというのは福山から知らされたのじゃった」

はたと思い出したように言い添えた。

「ほう、福山殿から」

岩坂は間延びした声で返事をした。

「そうじゃ、今にして思えば、わしを惑わせるために福山は虚言を弄したのかもしれんな」

小枝は悔しそうに唇を噛む。

「そういうことですか。それでは、益々、福山の罪を明らかにしないといけませぬな」

納得したように岩坂は何度もうなずいた。

「そうじゃな」

「では、評定所に吉次郎ら三人を呼び出します」

改めて岩坂は告げると、

「よかろう、それを機に福山の罪状を明らかにし、勘定所の不正を晴らそうぞ」

小枝は決意を示した。


小枝は藩邸に戻り、御殿の奥座敷に海猫の権兵衛を呼んだ。

薬の行商人、仁平こと海猫の権兵衛が入って来た。

「駕籠訴をした吉次郎らを評定所に呼び出す」

小枝が告げると、

「評定所での吟味が始まるのですな。我が手下、一念が奴らの口封じをしくじりましたのでご厄介をおかけします」

権兵衛は吉次郎たちの毒殺がうまくいかなかったことを詫びた。

「なに、どのみち、奴らは直訴の罪で打ち首じゃ。奴らはともかく、そなた、横峯なる御家人を間違いなく殺したな」

岩坂は念を押した。

「間違いありません」

権兵衛ははっきりと答えた。

「辻番所に担ぎ込まれたのだったな。当家の者に辻番所で確かめさせたところ、番士の証言でも死んだということじゃった」

納得するように小枝は言い添えた。

「ですから、海猫一味と小枝さまの関係を証言する者などいないのです。全ては福山さまに罪を被せることができます」

権兵衛は言った。

「そうであるな」

安堵したように小枝はうなずいた。

「評定所で福山さまの罪状が明らかになれば、わしらも大仕事がしやすくなりますな。評定所の吟味は幸いです」

権兵衛は声を弾ませた。

「うむ、そうじゃ。これで、うるさいのがいなくなる。成田山新勝寺への一万両の寄進は間もなくじゃ。運ぶ道筋、警護の詳細がわかり次第に伝える」

目を凝らし小枝は言った。

「ならば、手下どもを集めます」

権兵衛は声を弾ませた。

「よかろう」

小枝は承知をし、家臣を呼んだ。

「船岡が来たら書院に通せ」

と、家臣に命じた。

「船岡虎之介ですか、あれは近頃珍しいくらいに腕の立つ侍でござります。南小田原町の廃屋敷、それに福山屋敷で手合わせをしましたが、手下の何人かを失いました」

権兵衛は言った。

「伊達(だて)に神君家康公御下賜の十文字鑓の使い手を名乗っているわけではないな」

小枝は敵ながらあっぱれだと虎之介を評すると、

「小枝さま、船岡をどうするのですか。海猫一味捕縛の任を与えたのでしょう。まさか、本当に我らを退治させるわけではござりますまいな」

冗談交じりに権兵衛は笑った。

「船岡は大事な手駒だ」

「ほう、どのような」

「まあ、見ておれ」

小枝はにんまりとした。

二

民部は虎之介から吉次郎たちが評定所に呼ばれることを聞いた。風間にも報告をしたうえで仮牢に向かった。三蔵はすっかり顔色がよくなり、健康を回復した。

「いよいよ、評定所に呼び出されることになった」

民部が告げると、三人とも表情を引き締めた。

「なに、自分たちの訴えを正直にはっきりと証言すればよい」

民部は言った。

「はい。わしは死を覚悟しています。ですが」

吉次郎は三蔵と宗太を見た。いかにも不憫そうである。

「わしらも、若旦那と一緒ですだ」

三蔵が言った。

宗太もうなずく。

評定所での証言が終われば、三人は打ち首となるであろう。

「思えば、公儀のお偉いさまの前で口を利くんです。思うさま言ってやります」

吉次郎は吹っ切れたようだ。

民部は励ましの言葉しか発せられなかった。


帰り、神田お玉が池の瀬尾道場で稽古をした。

「民部、立ち合え」

虎之介に言われ、

「わたしでよろしいのですか」

民部はきょとんとなった。

「ああ、構わぬ」

虎之介は竹刀を手にしたが面も防具も身に着けていない。

民部は緊張の面持ちで竹刀を構える。

「打ち込んでまいれ！」

虎之介に命じられ、民部はすり足で間合いを詰め、抜き胴を試みた。

しかし、難なく虎之介に躱され、竹刀は虚しく空を切る。

続いて、籠手を狙うもかすりもしない。

翻弄され続けたまま打ち込み稽古は終わったが、心地よい汗をかくことができた。

一休みしたところで、門の前に駕籠が乗りつけられた。螺鈿細工の大名駕籠である。

扉が開き、羽織、袴姿の小枝出羽守康英が現れた。

小枝は従者一人のみを従え、道場の庭に入った。虎之介が、

「これはこれは、御老中」

と、出迎えた。

門人たちは驚きの表情を浮かべたが、

「よい。忍びである」

小枝はやんわりと制した。

「民情視察ですか」

虎之介が訊く。

「まあ、そんなところだ」

小枝は虎之介から竹刀を受け取り、二度、三度素振りをしたが、よろめいてしまった。

「いかんな、まるで鈍(なま)っておる。武芸未熟では、老中は務まらぬな」

はははは、と小枝は門人たちに笑いかけた。門人たちも追従(ついしょう)笑いを放つ。

「ならば、入門なさいませ」

虎之介が勧めると、

「まっぴら御免じゃ。鬼の師範代殿なんぞ怖くて稽古できぬわ」

小枝は竹刀を虎之介に戻すと、「ちと話がある」と耳打ちをした。虎之介は道場の客間に案内しようとしたが小枝は急ぎゆえここでよいと断った。虎之介は門人たちを遠ざけた。

門人たちがいなくなったところで、

「ところで、近々、評定所にて駕籠訴に及んだ三人の村人の吟味を行う」

小枝は告げた。

「ほう、やっとですか」

「慎重を期したのじゃ。その際、海猫一味についても吟味の俎上(そじょう)に載ろう。ついては、そなたを証人に呼ぶ」

「へ〜え、老中さまが自ら評定一座に加わるのか」

虎之介は首を捻った。

評定一座とは吟味を行う者たちで、寺社奉行、町奉行、勘定奉行に大目付と目付が加わる。老中は評定一座ではないが、吟味の席に同席することはある。

意見は差し挟まないのだが、求められれば答える。小枝のことだ。訊かれもしないのに積極的に発言するだろうし、吟味を主導するのではないか。

「それで、おれは何を証言すればいいのですかな」

虎之介が問うと、

小枝は言った。

「福山が海猫の権兵衛と繫がりがあるのを証言してくれ」

「構いませぬが、それで海猫一味捕縛に進展するのですか」

虎之介は顎を搔いた。

「弾みをつける。公儀の総力を挙げて、海猫一味を狩り出す」

決意を示すように小枝は語調を強めた。

「力が入っておられるな」

「当たり前だ」

真顔で小枝は言った。

「承知した」

虎之介は繰り返した。

蟬の鳴き声がかまびすしかった。

三

葉月二日、式日のこの日、江戸城辰の口にある評定所で吟味が始まった。

裃に威儀を正した評定所一座が顔を揃えた。

葉月と言えば暦の上では秋であるが、相変わらずの猛暑である。おまけに風は吹かず、忙しく扇子を使う評定一座の面々は迷惑顔を隠そうともしない。御白州の白砂を焦がすような日差しが降り注ぎ、陽炎が揺らめいている。

ただ油蟬に代わって蜩の鳴き声が響き、赤蜻蛉が飛んでいるのがわずかに秋の訪れを感じさせた。

岩坂は背中を丸め、口を半開きにして焦点の定まらない目で座していた。しなびた茄子のような岩坂であるが、老獪さは評判となっており、町奉行と勘定奉行は気を遣っている。

吟味を行う岩坂ら評定一座の前には煙草盆が置かれているが、喫する者はない。

すると、岩坂が煙草を喫し始めた。批難の目を向ける者もいたが、言葉には出さない。

慣例を破って小枝出羽守康英が出席するそうだ。一座は小枝が現れるのを待ち構えていた。老中たる小枝が吟味に加わることはないが、一座には老中出座の緊張が走っている。自ずと小枝を意識した吟味が行われよう。

扇子を使うぱたぱたとした音の他、私語を交わす者はなく、暑気を孕んだ重苦しい空気が漂っていた。そこへぱんという鋭い音が響いた。

岩坂が煙管を煙草盆に打ち付けたのだった。

みなの視線を浴び、岩坂が大きなあくびを漏らしたところで、

「御老中小枝出羽守さま、いらっしゃいました」

お城坊主が告げた。

岩坂を除く評定一座が居住まいを正した。

程なくして小枝が入って来た。

一同、一斉に両手をついた。小枝はゆったりとした所作で上座に座った。

「相変わらず暑いのう」

　小枝の第一声に、

「まったく暑うございます」

　いかにも迷惑だと言わんばかりに追従を述べる者が続いた。岩坂はそっぽを向いている。

　小枝は鷹揚に評定一座を見回した。

　果たして吟味を主導するかのように口を開く。

　凛と自信たっぷりな小枝の声が座敷ばかりか御白州の隅々にまで響き渡る。みな、正面を見据えたまま口を開こうという者はいない。小枝はお城坊主に命じて吉次郎たちを呼びに行かせた。

　小枝から、

「昨今、相模、房総辺りで略奪の限りをしておる海猫の権兵衛一味なる盗人ども、断じて許せぬ。ついては、本日は海猫一味に関して不穏なる噂がある。それを確かめたい」

　と、告げられた。

　町奉行、勘定奉行の他大目付という三手掛(さんてがかり)での吟味が始まった。というより、このままでは小枝主導の老中一手掛という異例の評定となりそうだ。

町奉行と勘定奉行は黙って俯いている。岩坂は情けない者たちめ、と内心で舌打ちをし、

「先だって行われた御老中小枝出羽守さまへの駕籠訴の件につき、吟味を始める」

と、主導した。

中間が吉次郎と三蔵、宗太を連れて御白州に座らせた。

三人とも神妙な顔つきである。

岩坂が、

「その方ども、出羽守さまに訴えの儀、ここで申せ。そうじゃな、まずは素性から申せ」

と、命じた。

吉次郎が、

「わしらは、安房国の半田村から参りました。わしは村長でした半田勘太郎の息子、吉次郎と申します」

吉次郎は名乗ってから三蔵と宗太を小作人だと紹介した。

続いて吉次郎が海猫の権兵衛一味に婚礼の場を襲撃され、金品を強奪されたうえに

舅を殺され、新婦を凌辱された、と事情を語った。

「父は代官吉田圭史郎さまに訴えましたが……」

吉田は勘太郎が運上金の支払いを拒んだとして海猫一味捕縛に動いてくれなかった、と批難した。

「そこで、父は前代官でいらした勘定組頭小野木清之介さまに訴え、さらには勘定奉行福山左衛門尉さまに訴えたのです」

しかし、その父勘太郎が一向に帰って来ないことに気を揉み、老中小枝出羽守康英への駕籠訴に及んだ、と説明した。

「訴えの儀はわかった」

岩坂は町奉行と勘定奉行を見た。二人は発言せず、首肯するに留めた。

「海猫一味の捕縛、いかになっておるのかな。確か勘定所が捕縛に動いておられたようじゃが」

岩坂は勘定奉行に問いかける。

勘定奉行が、

「海猫の一件については、福山殿が引き受けてござった」

自分は知らないと言い添えた。

「目下、火盗改が引き続き探索をしておると思うが、未だ捕縛には至っておらぬということじゃな」

岩坂は誰にともなく淡々と述べ立てた。

すかさず小枝が割り込み、

「わしは現代官の吉田に問い質した。そのような凶悪なる盗人どもを野放しにしてよいのか、とな」

と、一同を見回した。

みなの視線を集め、小枝は続けた。

「吉田が申すには安房の天領を海猫一味が襲ったのは十年ぶりのこと、しかも、安房から海猫一味は去ってしまった、よって捕縛しようにもできない、ということであった」

小枝の説明を受けても吉田への批難の声は上がらない。

小枝は続けた。

「わしも吉田を責められぬ。福山から自分に任せて欲しい、という申し出を受け入れて福山に一任してしまったのだからな。福山は自分が代官の時代、海猫一味が強盗を始めた。よって、その因縁を考えて自分こそが捕縛に当たりたい、と強い意志を示したのじゃ。わしは福山の誠意に打たれてしまった」

いかにも悔いるように小枝は唇を噛んだ。

「福山殿は不幸にも急病にて亡くなられ、海猫一味捕縛の志は潰えてしまいましたな」

岩坂が小枝に語りかけた。

「さて、そこよ」

小枝は小さく息を吐いた。

「いかがされましたか」

岩坂はさも意外そうな声を出した。

「それがのう、いや、公儀の体面を考え、わしは病死という届け出を受け入れたが、それはわしの間違いであった」

重々しい口調で小枝は言った。

「いかがされましたか」

岩坂がさも危機感を抱いたかのように声を重ねる。

「やはり、公明正大、公儀の政はそうでなくてはならぬ。一片の曇りもあってはならないのじゃな」

自分や岩坂たち幕府要職者に言い聞かせるように言ってから、

「福山は病死ではない」

すると、町奉行と勘定奉行が驚きの顔となった。

「これは、不穏な」

目をむき、岩坂が呟いた。

「福山は海猫の権兵衛一味の手にかかって殺されたのじゃ」

乾いた口調で小枝は言った。

「なんと」

岩坂は絶句した。

御白州の吉次郎たちがざわめいた。

御白州に向かい、

「福山道昌、出ませい!」

小枝は大音声(だいおんじょう)を発した。

道昌が御白州に入って来て、吉次郎たちの右横に敷かれた筵(むしろ)に正座をした。

「道昌、御白州である。真実のみを述べ立てよ」

小枝が命じると、

「承知しました」

胸を張り、道昌は返事をした。

「その方の父、福山左衛門尉道信の死因を申せ」

当たり前のように小枝は岩坂に代わって吟味の進行を続ける。

「父は海猫一味に殺されました」

腹から絞り出すように道昌は答えた。

「相違あるまいな」

小枝は念を押した。

「武士に二言はござりませぬ」

道昌は毅然と返事をした。

「うむ、では、何故、海猫一味に殺されたのであるか」

小枝は問いを重ねる。

「それは……」

道昌は口ごもった。

「それは……いかがした」

意地悪く小枝は問いを重ねた。

大粒の汗が道昌の額や首筋から滴り落ちる。

「福山道昌、評定の場であるぞ。答えよ！」

威圧するように小枝は甲走(かんばし)った声を発した。

道昌は顔を上げ、

「父は海猫一味を召し捕ろうとしておりました。海猫一味はそれを知り、父を恐れ、卑怯にも不意討ちを仕掛けたのだと存じます」

と、必死の形相となった。

「ほほう、そうか」

小枝は冷笑を浮かべた。

「そうです、父は……」

声を震わせ、道昌は言い立てる。

「その言葉、相違あるまいな」

嵩(かさ)にかかって小枝は念を押した。

「間違いございません」

かっと両目を見開き、道昌は答えた。

「そうか、福山を庇うとは孝行というものであろうが、公の場たる評定所では不忠行為であるぞ」

ねちっこい言い回しで小枝は言った。

道昌は口をへの字に引き結んだ。

道昌から視線を外し、

「船岡虎之介をこれへ」

小枝はお城坊主に命じた。

黒紋付に袴姿の虎之介がやって来た。直参旗本小普請組の身分を考慮され、虎之介は評定一座が座す畳敷き前の濡れ縁に着座するよう小枝から命じられた。

御白州を横切る虎之介の影が白砂に引かれる。虎之介は階(きざはし)を上がり、濡れ縁にどっかと腰を据えた。

「姓名を名乗れ」

小枝に命じられ、

「直参旗本小普請組、船岡虎之介である」

虎之介は声を張り上げた。

「そなたの役目を申せ」

続く小枝の命(めい)に、

「御老中小枝出羽守さまより命じられた海猫の権兵衛一味捕縛でござる」

虎之介は明瞭に答えた。

「して、そなた、福山左衛門尉の屋敷を海猫一味が襲った時、その場に遭遇したのであったな」

小枝に質され、

「いかにも」

虎之介は認めた。

「何故、おったのだ」

「海猫一味捕縛に動くうちに一味と福山殿に繋がりがあるのでは、という疑いが生じたからであります」

「ほう、福山と海猫一味が繋がっておったのか」

眉根を寄せて小枝は評定一座を見回し、虎之介が答える前に、

「福山は海猫一味と結託しておったのじゃな。これは興味深い。のう、みなの者、あいや、興味ではすまされぬ。事実とすれば由々しき事態であるぞ。公儀開闢以来の大事じゃ！　そなたらも異論あるまい」

大袈裟に騒ぎ立てた。

評定の座がざわめいた。

静かにせよと、命じてから、

「いかに思う」

改めて小枝は一座に問いかけた。町奉行、勘定奉行も口を閉ざした。

ただ岩坂のみは、

「では、海猫一味はどうして福山殿を殺したのですかな」

と、この場には不似合いななんとも間の抜けた声で訊いた。

「申したではないか。福山に裏切られたと受け止めたからじゃ」

苛立たし気に小枝は言った。

「そうですか……して、船岡、福山殿は海猫一味と繋がっておったのか」

惚けた顔で岩坂が虎之介に問いかけた。

「さて、どうでありましょうな」

岩坂に合わせるように虎之介も曖昧な答えをした。

たちまち小枝が、

「そなた、繋がっておると疑ったのであろう」

と、虎之介を強い調子で責め立てた。

「疑ったが繋がっているとは申しておりませんぞ」

はぐらかすように虎之介は首を左右に振った。

「もう一度申す。その方、福山と海猫一味が結びついておると見込み、福山の屋敷に乗り込んだのであろう。乗り込んでから福山を指弾したのではないのか」

小枝は虎之介を睨んだ。

「しましたな」

あっさりと虎之介は認めた。

「ならば、何故、この場で証言をしないのじゃ。臆したか」

虎之介を批難する文言を入れ、小枝は言い立てた。

「臆してはおらん。疑念が生じたのであります」

「疑い……」

小枝は口ごもった。

「それを申すのじゃ」

そこへ、岩坂が口を挟んだ。

「海猫の権兵衛が公儀のさる御重職の屋敷に出入りしていると耳にしたのでござる」

虎之介は小枝を睨みつけた。

「それは不穏じゃな」

岩坂が言葉を添える。

慌てた様子で小枝が、

「船岡、下がってよい」

と、右手をひらひらと振った。

「おや、よいのですか。おれは、証言がすんでいないぜ」

虎之介は言い返した。

「そなたの証言は十分じゃ。要するにそなたは福山と海猫一味の関わりについて、証言できるような事情通にあらず、とわかった。よって、これ以上の証言の必要はない。下がれ」

余裕を示すように小枝は口調を和らげ、笑みさえ浮かべた。

ところが、

「わしは、まだ話を聞きたいですな」

岩坂が口を挟み小枝を差し置いて、

「船岡、続きを申せ」

と、命じた。

「黙れ！　わしが不要と申しておるのじゃ」

小枝は怒声を放った。

すると岩坂は小枝を見返し、

「御老中、ここは評定の場でございますぞ。吟味を行うのは我ら評定一座でございます。御老中ではございませぬ。評定一座を担う大目付たるわしが船岡に証言を求めておるのです」

穏やかな口調ながら頑として岩坂は言い募った。

「好きにせい！」

小枝はぷいと横を向いた。

「船岡、申せ」

改めて岩坂は命じた。

「海猫の権兵衛が出入りしておるのは小枝出羽守さまの屋敷である」

堂々と虎之介は答えた。

吟味の場は大きくざわめいた。

小枝は暗い目をし、

「馬鹿なことを。船岡、世迷言も大概にせよ。ここは評定の場であるぞ」

と、ねめつけた。

「虚言でも妄言でもない」

虎之介は胸を張った。

「なんじゃと」

堪らずといったように小枝は立ち上がった。

すると、

「横峯善次郎、出て来い！」

虎之介が御白州に声をかけた。

小枝の目が大きく見開かれた。御白州に横峯善次郎が現れた。民部が肩を貸し、筵に座らせた。

小枝の顔が強張った。

横峯は自分の身体に鞭を打つようにしてしっかかと頭上に視線を据えた。

横峯が襲撃を受け、命を取り留めたのを確認してから、民部は一計を案じた。横峯を自宅に連れ帰ってから辻番所に戻り、手当の甲斐なく横峯善次郎は亡くなった、と番士に伝えたのである。

小枝か権兵衛が横峯の生死を確かめるのを見越しての処置だった。

「船岡、この者は何者であるか」

岩坂が問いかけた。

「横峯善次郎と申し、海猫の権兵衛が御老中小枝出羽守さまの上屋敷に出入りしているのを目撃した者です」

虎之介が答えると、横峯は、確かに見ました、と証言した。

岩坂はうなずくと、

「そなた、怪我をしておるようじゃが、いかがした」

と、問いかけた。

「権兵衛が小枝さまの御屋敷に入ったのを見届けた後、権兵衛に襲われたのでございます」

証言をしてから、横峯は苦痛で顔を歪めた。

「口封じじゃな。わかった、傷を厭え」

岩坂は下がってよい、と命じ、民部を促した。民部は再び肩を貸して横峯を連れていった。

重苦しい空気が漂った。

「小枝さま、何かおっしゃいますか」

岩坂が問いかける。

「その方ども、わしを罠に嵌めようとしておるようじゃな」

小枝は剣呑な目となった。

額から大粒の汗が滴っているが拭うのも忘れている。

「誰もあなたさまを陥れようとは思っておりませぬ。しかし、横峯善次郎は海猫の権兵衛と思しき男が、あなたさまの御屋敷に入ったのを目撃したのです」

岩坂はあくまで冷静に言い立てた。

「だからどうしたと申すのじゃ。わしは海猫の権兵衛など知らぬぞ」

小枝は突っぱねた。

岩坂は、

「御屋敷を調べます」

「茶番じゃ。このようなこと、茶番じゃ！」

小枝は喚き立てた。

「お静かに」

岩坂は静かにそれでいて有無を言わせぬ態度で老中に命じた。

「無礼者！」

小枝は大声を出した。

町奉行と勘定奉行はおろおろとし出した。

「その方ら何をしておる。この老いぼれを連れて行け」

小枝は命じる。

「留役どもも何をしておるか」

さらには留役や中間、小者にも命じる。御白州に控える、同心、中間はどうしていいのかわからず、おろおろとし始めた。

虎之介は立ち上がると濡れ縁を飛び降り、

「その場で控えよ！」

と、怒鳴る。

対して小枝は老中の威厳を保つように胸を反らし、中間、小者に岩坂捕縛を重ねて命じた。老中の命令とあっては彼らも従わぬわけにはいかず、階に近づいた。

素早く虎之介は小者が持つ六尺棒を奪うと、ぶんぶんと頭上で振り回した。みな、恐れをなし、御白州の隅に逃げ去った。

「岩坂、覚悟を決めてのことであろうな。老中を糾弾するなど、公儀に対する謀反(むほん)であるぞ」

小枝は凄い形相で岩坂に詰め寄った。

「これは異なことを申される。わしは大目付、大目付は大名を監察するのが役目。小枝さまは御老中でいらっしゃるのと同時に大名でいらっしゃいますぞ。小枝さまに疑念が生じた以上、取り調べるのは当然であります」

堂々と岩坂は言い張った。

小枝は苦々しい顔で、

「黙れ、無礼者！」

と、岩坂に怒声を浴びせた。

次いで、

「岩坂は乱心したのじゃ！　はよ！　連れ出せ！」

異常な声音で小枝は言い立てた。町奉行と勘定奉行は立ち上がる。

逆らうように岩坂は腕を組んであぐらをかいた。

「ええい、早く捕えよ」

小枝が急き立てる。

そこへ虎之介が駆け上がった。

「船岡、岩坂を連れて行け」

小枝は命じた。

虎之介は黙ったまま小枝の腕を摑んだ。

「な、何をする」

小枝は虎之介の手を振り払おうとしたが、がっちりと押さえられびくともしない。

「お役目遂行だよ」

虎之介は言った。

「なんじゃと」

小枝は目をむいた。

「おれはな、海猫の権兵衛一味捕縛の役目を担っておるのだ」

虎之介は手を離し、小枝を突き飛ばした。小枝は尻餅をついた。虎之介は懐中から書付を取り出し、読み上げる。

「船岡虎之介、海猫の権兵衛及び一味捕縛の全権を付与するものなり、小枝出羽守」

次いで、

「どうだ!」

と、書付を小枝に向けて睨み下ろす。

口を半開きにし、小枝はしどろもどろとなった。

「御老中、見苦しい様はお見せになるな」

静かに虎之介は告げた。

「黙れ！」

往生際悪く小枝は抗った。

岩坂は呆れたように肩をそびやかし、

「成田山新勝寺に使者を送り、四年前、深川永代寺にて行われた出開帳に付、問い合わせました」

と、小枝に語りかけた。

小枝は口を半開きにし、固まってしまった。新勝寺は出開帳で賽銭が約五百両盗まれたと寺社奉行であった小枝に訴えた。小枝は調べると言いながら曖昧にしてしまった。しかし、新勝寺は納得せず、再三に亘って取り調べを要求し続けた。

小枝は曖昧な態度を取り続けたが今年の四月、公儀の出納から五百両を補塡する、と言ってきたそうだ。新勝寺は四年も放っておかれた不満から借財に対する返済の受取とした。小枝は修繕費の名目にした。

更には公儀の台所を担う勝手掛老中の権限で一万両の寄進をする、とも約束したという。

「五百両の使途不明金に付、勘定組頭、小野木清之介殿と勘定奉行福山左衛門尉殿に見抜かれ、責められるところでしたな」

岩坂が問い詰めると、町奉行と勘定奉行も小枝の前に座し、糾問の姿勢を取った。

小枝はがっくりうなだれた。

四

小枝は罪を認めた。

海猫の権兵衛一味と結託し、私腹を肥やした。一味を匿う代わりに奪った金品を受け取っていたそうだ。新勝寺の賽銭を着服したのは、老中への累進を見据えての運動資金確保であった。海猫一味と繋がる前で、金子に余裕はなかったという。

小枝の証言で海猫の権兵衛一味の根城がわかった。

向島にある小枝家の下屋敷だ。成田山新勝寺に寄進される一万両を奪おうと、江戸市中に潜む一味が結集している。

若月の夜とあって小枝が寺社奉行の頃、廃寺から移築した五重塔が星影におぼめいている。丑三つ時（午前二時）を回り、人けはなく塔の扉は閉じられている。

虎之介は神君家康公下賜の十文字鑓を担ぎ大刀と脇差を腰に差し、民部は右手に兄兵部の形見である紫房の十手を握り締め、福山道昌は大刀のみを落とし差しにしていた。

「行くぞ」

虎之介は扉を蹴破り、足を踏み入れた。民部と道昌も続く。

塔内は掛け行灯(あんどん)に照らされ、海猫一味が五人、酒盛りをしていた。彼らは突然の侵入者に口をあんぐりさせたが慌てて立ち向かおうとした。

虎之介は鑓の柄で三人の顔面を殴りつける。残り二人は扉から逃げ出そうとした。民部が十手で道昌が大刀の峰で打ち据えた。

五人を倒し、階段を上ろうとすると異変に気付いた敵が駆け下りて来た。躊躇うことなく虎之介は鑓の石突きで一人の鳩尾(みぞおち)を突いた。

敵の足が止まり、そこへ下りて来た二人がぶつかり、三人が折り重なって落下した。民部と道昌が十手と大刀でぶちのめす。

その間にも虎之介は階段を上り二重めに到る。二重めは無人だった。構わず、虎之介が三重めに向かおうとしたところで、

「御用だ！」

という声が聞こえた。

風間惣之助率いる南町奉行所の捕方が到着したようだ。

程なくして風間を先頭に捕方が階段を上って来た。風間が虎之介に一礼した。額に鉢金を施し、襷を掛け、小袖の裾を捲り上げて帯に挟んでいる。

袖絡、突棒、刺股、梯子といった捕物道具で武装した中間、小者が二十人ばかり揃っていた。

三重めは捕方で満ちた。

そこへ四重めから青龍刀や銛、匕首、弓矢、鉄砲を手にした海猫一味が殺到した。

三重めは敵味方が入り乱れ、銛、弓矢、鉄砲といった飛び道具は使えない。捕方は四方から一味を囲み、梯子を横にして動きを封じつつ、お縄にしていった。

虎之介は鑓を手に階段を上り、四重めに立った。

立つや銃声が響き弾丸が飛んできた。

咄嗟に床に伏せる。弾丸は頭上を掠め、壁にめり込んだ。しかし、銃撃は収まらない。次々と弾丸が飛んでくる。

虎之介は床を転がる。

銃声が途切れたところで立ち上がった。

献残屋・往来屋の伝兵衛と墨染の衣をまとい首から頭陀袋を下げた僧侶が立っている。遊行僧に扮した一念であろう。

二人とも短筒を持っている。

四重めは西洋や唐土の武器や甲冑が展示してある。

「坊主に短筒は似合わんぞ」

虎之介は立ち上がった。

一念の短筒が火を噴いた。十文字鑓の穂先に命中した拍子に鑓は虎之介の手を離れ、天井に突き刺さった。

「神君家康公がお怒りだぞ」

虎之介は一念を睨みつけた。

一念は失笑を漏らし、またも引き金を引いた。

しかし、銃声は轟かない。カチ、カチという乾いた音が聞こえただけだ。伝兵衛も引き金を引いたが、一念同様に弾は切れていた。

二人は弾込めを始めた。

虎之介はすかさず西洋甲冑に駆け寄り、左手に盾、右手に剣を持つ。西洋の剣はサーベルと呼ばれ、右手だけで操ると聞いていたが、なるほど柄には枠が付き、両手で握ることはできない。ただ、枠が指や手を守ってくれる造りとなっていた。

伝兵衛の放った弾丸が襲ってきた。

盾を突き出す。

盾が弾丸を弾き、鋭い金属音が響き渡る。盾を突き出し、身を守りながら二人に迫る。伝兵衛は浮き足だった。そこへ海猫一味がやって来た。短筒が味方に火を放ってしまい、一味がばたばたと倒れた。

一味が動揺したところへ虎之介はサーベルで斬り込んだ。同時に左手の盾で殴りつけ、右手のサーベルを振り回し、思う存分暴れた。伝兵衛が味方に構わず短筒を撃つ。海猫一味はびびり、我先に階段を下りて行った。

追いかけようとしたが、目の端に一念と伝兵衛が映った。短筒の弾がなくなったようで二人とも短筒を投げ捨て揃って階段を上ってゆく。先に伝兵衛、後ろに一念が続く。

虎之介は盾とサーベルを放り出すと天井に刺さった鑓を引き抜き、階段を上る一念に投げつけた。穂先が一念の身体を刺し貫き、伝兵衛の背中にまで達する。

串刺しにされた二人は声を発することもできず、階段から落下した。

虎之介は一念の腰に左足を乗せ、鑓を引き抜いた。穂身の血糊を手巾で丁寧に拭う。

弾丸を弾いた穂先を確かめる。

弾痕はなく、刻印された葵の御紋が神々しい輝きを放っていた。捨て身の真田信繁（幸村）勢の猛攻を凌いだ栄えある鎧は盗賊ごときの鉄砲弾などものともしなかったのだ。

家康に感謝し、五重めを目指して階段を上る。

小枝に招かれた時のまま、五重めは真新しい畳が敷かれ、四方の壁と天井には極彩色の画が描かれていた。百目蠟燭の明かりに、天井画の龍、四季の草花の障壁画が揺れる。

畳の真ん中に海猫の権兵衛があぐらをかいていた。黒装束に鎖帷子を重ねているが、兜は被らず、素顔を晒している。腰には胴巻きを着けている。

「一手交えるか、それとも大人しくお縄を受けるか」

虎之介は鎧の石突きでどんと畳を突いた。

権兵衛はにんまりとした笑みを浮かべながら立ち上がるや、右手を振り下ろした。拳に握られていた小さな焙烙玉が虎之介の前に落ち、爆発した。

白煙が立ち込め、思わず虎之介は顔をそむけた。

権兵衛は窓から外に飛び出した。

虎之介は咳き込みながらも白煙を手で払い権兵衛の後を追う。

権兵衛は胴巻きから鉤縄（かぎなわ）を引っ張り出し、相輪（そうりん）に向かって投げつけた。

鉤は相輪に引っかかる。

縄に引っ張られ権兵衛の身体は左右に激しく揺れながらも四重め、三重め、二重めの屋根瓦を巧みに伝わり、地上に降り立った。

「おのれ！」

虎之介も窓を跨ぎ、四重めの屋根瓦に降り立つと相輪から垂れ下がった鉤縄を左手で引き寄せ、右手の十文字鑓を地上の権兵衛に投げつけた。瓦を踏みしめた拍子に瓦が屋根から剝がれ落ちる。鑓は権兵衛を捕えることはできず、地べたに突き立った。

五重塔から捕方が捕縛した海猫一味と共に出て来た。彼らは捕方に連れて行かれる。

民部は相輪を見上げた。

すると、闇から権兵衛と数人の海猫一味が現れ、民部の両腕を摑み、何処へか連れ去る。

虎之介は縄を引っ張る。鉤はしっかりと相輪に引っかかっていた。

眼下には墨を流したような暗黒が広がっている。ぽつんと灯りが見えるのは、夜船の漁（いさ）り火のようだ。

風鐸が夜風に揺れ心地良い音を鳴らしていた。虎之介はしっかりと両手で縄を摑み、

「でやあ！」

大音声と共に屋根から飛び降りた。

夜風を切り裂き、虎之介は落下してゆく。

地べたに達する直前、虎之介は渾身の力を込めて縄を引いた。虎之介の身体は激しく上下しながらも地上に叩きつけられることなく、ぶらんぶらんとぶら下がった。

ところが、縄を離した途端に匕首を手にした海猫一味が襲いかかってきた。

虎之介も大刀を抜き応戦した。

左右の敵を払い斬りで倒し、一味がひるんだところで地べたに突き刺さった鑓を引き抜く。

虎之介は大刀を鞘に納め、鑓を頭上で振り回す。敵は蜘蛛の子を散らすように逃げ去った。

引き込まれた堀に係留してあった船が漕ぎ出された。

大川を江戸湾に向かって船は進む。

虎之介は厩に駆け込み、黒毛の馬に駆け寄った。

「悪党どもを退治するのだ。助けてくれ」

虎之介は馬の鼻面を撫でた。馬は応じるように嘶(いなな)いた。

虎之介は手綱(たづな)を取り、厩から出すと馬に跨った。両足で馬の腹を軽く蹴ると勢いよく走り出した。右手で鑓を担ぎ、左手で手綱を捌く。

田圃(たんぼ)の畦道(あぜみち)を過ぎると堤(つつみ)に上がる。払暁(ふつぎょう)の空は乳白色に染まり、地平の彼方が朝焼けの茜(あかね)に燃えている。

船は江戸湾へ進む。

虎之介は大川を右手に馬を走らせた。

海猫の権兵衛退治の強い決意を胸に虎之介は手綱を取った。想いは馬にも伝わったのか鞭を入れることもなく、伸びやかに走ってくれた。

蹄(ひづめ)の音高く、堤を進み、やがて橋が見えた。両国橋(りょうごくばし)である。

海猫一味の船を追い越し、両国橋に馬を乗り入れてから下りた。橋の上から船が近づくのを待つ。

やがて、船がやって来た。

虎之介は欄干(らんかん)を跨ぎ、船に飛び降りた。

川風に髷を揺らしながら甲板にはっしと着地した。

船上には数人の一味がいる。銛や青龍刀を手に虎之介に対峙した。

民部と権兵衛の姿を探したが甲板にはいない。船底にいるようだ。

一味が虎之介に迫ってきた。


船底に民部は閉じ込められていた。

薄闇が広がる中、船が揺れ、湧き上がる恐怖を船岡先生が助けに来てくれる、という期待で封じる。

すると、足音が近づき、戸が開いた。

鎖帷子に身を包んだ男が入って来た。

民部は身を起こし、身構えた。

男は近づいてきた。

薄闇に男の輪郭が刻まれる。

「南町の香取だな」

「貴様、海猫の権兵衛か」

民部は権兵衛を睨んだ。

権兵衛は民部の前に座った。

全身に虫唾が走り、民部は横を向いた。

「今回の企ては失敗したが、なに、やり直せばいいさ。海は広い。追手をくらませるなどわけない」

「悪党が逃げられると思っているのか」

民部に反論されるとは思ってもいなかったのであろう。権兵衛はむっとした。

民部は醜い物を見るような蔑んだ眼差しを向けた。

「何処へ行くのだ」

「海は我らの庭だ」

返すや、民部は権兵衛の頬を平手で打った。

「こいつ！」

権兵衛は悪鬼のような声を上げた。

民部の全身に鳥肌が立った。

虎之介は敵との間合いを詰めた。

引き続き民部の姿を探したが、船上には見当たらない。船底に押し込まれているに違いない。権兵衛も居ないことからして、民部と船底にいるのかもしれない。

虎之介は鑓を振り回し、群がる敵に向かった。銛が飛んできた。すかさず、虎之介は銛を払い除けた。

銛は左に飛び、敵の胸を貫く。

敵は絶叫しながら船縁を越えて川に落ちた。

船は江戸湾に出た。波が高くなり、船は揺れる。虎之介はよろめいてしまった。敵もよろめきながらも、虎之介を囲んだ。

多勢に虎之介一人が対峙した。

「殺せ」

誰ともなく声が上がり、刃を翳（かざ）した敵が一斉に襲いかかってくる。虎之介は甲板の上を転がった。虚をつかれた敵は浮き足だった。

と、大きく船が揺れた。

敵のうち数人が転倒した。

小ぶりな舟がつけられ、福山道昌と南町奉行所の捕方が乗り移ってきた。

「行きますぞ」

道昌に言われるまでもなく、捕方たちは海猫一味に向かっていった。剣を振り回し、敵を蹴散らす。

水夫は恐怖におののき、大川に飛び込んでしまった。水夫を失った船は海上を漂い、浜辺に向かってゆく。

虎之介は船底に伸びる階段を下りた。

道昌や捕方は暴れ回る。

「観念しろ」

権兵衛は民部に迫る。

船上では戦いが行われているが権兵衛はお構いなしだ。

民部は、

「来い！」

と、腰の十手を抜いた。

権兵衛の動きが一瞬、止まった。

船上の動きが慌しくなった。

権兵衛は笑い声を上げた。

匕首を手に権兵衛は襲いかかろうと腰を落とした。

と、船が激しく揺れた。

権兵衛は転倒した。

民部も身体を伏せた。


虎之介は船底に降り立った。

権兵衛が立ち上がった。横に民部が倒れている。

「船岡虎之介、よおし、おまえの命をもらうぞ」

嬉々として権兵衛は匕首を捨て大刀を構えた。怒りを呑み込み、虎之介は嘲笑(ちょうしょう)を浴びせた。

「ほざけ！」

権兵衛は大刀を突き出した。

虎之介は十文字鑓を下段から突き上げる。穂先と刃がぶつかり青白い火花が散った。間髪入れず権兵衛は払い斬りを放ってきた。

天井が低く、思う様、鑓を振るえない。

不意に虎之介は鑓を民部に投げた。民部はしっかりと両手で受け止める。思いもかけない虎之介の動きに、一瞬、権兵衛は戸惑った。

すかさず、権兵衛の懐に飛び込んだ。

間髪を入れず、虎之介は脇差を抜くと権兵衛の胴を斬り払った。が、刃は鎖帷子を通さず、権兵衛の反撃を受けた。

虎之介と権兵衛は鍔迫り合いを演じた。

続いて、

「おおっ！」

獣のような咆哮を上げ虎之介を押した。

権兵衛は怪力であった。

「大海原に船を漕いでいたからな、鍛えられたんだ」

誇らしげに言い、権兵衛は更なる力を込めた。加えて、権兵衛の大刀に対して虎之介は脇差では勝負にならない。

虎之介は後方にふっとび板壁に激突した。激しい衝撃と共に船底に転がる。

権兵衛は敏捷な動きで間合いを詰めてきた。

虎之介の側に到るや大刀の切っ先で突く。

からくも躱し、虎之介は船底を転がった。権兵衛は虎之介を串刺しにしようと何度も突いてくる。

虎之介は横転しながら足で権兵衛の脛を蹴った。

一瞬、権兵衛の動きが止まった。

そこへ、民部が虎之介から預かった鑓を下段に構えたまま突っ込んで来た。

権兵衛は難なく鑓を斬り払った。

民部の手から鑓が吹っ飛び、柱に突き刺さる。

「観念しろ」

権兵衛は舌なめずりをして大刀を正眼に構え直した。

そこへ、

「船に火をかけたぞ」

道昌が階段を下りて来た。

言葉を裏付けるように焦げ臭い煙が入ってくる。ぱちぱちという船体が燃える音も聞こえてきた。

権兵衛は火事に気を取られた。虎之介は柱に刺さった鑓を引っこ抜き、権兵衛に向かおうとした。

黒煙が立ち込め、民部が咳き込む。

板壁が燃え始めた。

虎之介と権兵衛は汗にまみれ鑓と大刀を交える。

権兵衛は舌打ちをし、

「あんたらと焼け死ぬのは馬鹿らしいな」

捨て台詞を吐くと、さっと身を翻し、階段に向かった。

そこへ、

「逃がさん」

道昌が立ちはだかる。

「退け！」

権兵衛は大刀を振り被り、道昌に迫った。

虎之介は鐺の柄で権兵衛の足を払った。権兵衛はよろめいた。

「父の仇！」

道昌は大刀を突き出した。

切っ先は権兵衛の咽喉を貫いた。

権兵衛は大刀を落とし、全身を痙攣させる。道昌が大刀を引き抜くと権兵衛の咽喉から鮮血が迸(ほとばし)った。

「でかした！」

虎之介は仇討ち本懐を誉め称え、早く船から出ようと道昌と民部を促した。

虎之介を先頭に道昌、民部の順で階段を上がる。虎之介は手で降りかかる火の粉を払い、民部と道昌を守る。

甲板に達すると船が燃え上がっている。船体のあちらこちらに火が回っていた。

道昌が駆け寄る。

「お師匠、香取殿、早く」

道昌に促される。

民部はうなずくと虎之介と共に船縁に立った。捕方を乗せた何艘かの小舟が船から離れてゆく。

帆柱が燃え落ちた。逃げ遅れた海猫一味が下敷きとなり、断末魔の悲鳴を上げた。

「早く！」

虎之介と民部を急き立てる道昌の絶叫が、船体が燃えて崩れるめきめきという音にかき消された。

虎之介たちは勢いよく海に飛び込んだ。

直後、業火が船を呑み込んだ。

朝日が昇り、大海原を余すことなく照らし出した。

老中小枝出羽守康英は切腹、小枝家は改易に処された。

福山道昌は父の遺志に応えるべく、御番入りを目指している。吉次郎たちは結果として小枝と海猫一味の企てを阻止した功を評価され、打ち首を免れたばかりか、報奨金を得た。

そして、横峯善次郎は……。

民部は横峯の組屋敷を訪れた。庭から子供たちの元気な声が聞こえる。

葉月半ば、残暑もようやく収まり、爽やかな秋風が吹き抜けている。

開かれた冠木門から屋敷の中を覗くと、

「先生、これでいいですか」

「先生、算盤を教えてください」

「先生、遊ぼうよ」

次から次へと発せられる子供たちの言葉に横峯は誠実に応えていた。

母屋の居間は近所の子供たちで満ち溢れている。横峯は筆算吟味合格を諦め、子供たち向けの手習い所を始めたのだ。愚直なくらいの生真面目さが幸いし、手習い所は上々の評判だそうだ。

手習い所を開く際、南町奉行所を訪れた横峯は、

「拙者、負け犬です」

自嘲気味な笑顔で言っていたが、子供たちの笑顔は横峯が筆算吟味の落伍者ではなく、適職を摑んだ成功者だと物語っている。

横峯が筆算吟味合格を諦めたのは、試験の難関さばかりではあるまい。今回の一件を通じ、どろどろとした争いに嫌気が差したのではあるまいか。

横峯の心の奥底は窺い知れないが、子供たちにはありがたい決断、もちろん、横峯善次郎にも最良の判断だろう。

そう考えると横峯が羨ましく、そして畏敬の念を抱いた。民部は進みたい道を家の事情で諦めた。もちろん、八丁堀同心に成ったのを悔いてはいないし不満も抱いていない。

天職なのかどうか、見習いの身の今はわからない。

ただ、日々、誇りと責任が備わってゆく。

今月末には瀬尾全朴道場で試合がある。虎之介は出場機会を与えてくれた。良き師と巡り会えたのは、八丁堀同心に成ったからこそだ。

民部は腰の十手を抜いた。

十手を翳し、兄兵部へ感謝を伝え、横峯の屋敷を後にした。

二見時代小説文庫

海猫の遺恨　剣客旗本と半玉同心捕物暦 2

二〇二四年　七　月二十五日　初版発行

著者　早見　俊

発行所　株式会社　二見書房
〒一〇一-八四〇五
東京都千代田区神田三崎町二-一八-一一
電話　〇三-三五一五-二三一一［営業］
　　　〇三-三五一五-二三一三［編集］
振替　〇〇一七〇-四-二六三九

印刷　株式会社　堀内印刷所
製本　株式会社　村上製本所

ISBN978-4-576-24055-8
https://www.futami.co.jp/historical